Muitos bons momentos foram e são vividos nos mais prestigiados restaurantes de carne de São Paulo.

Este livro é uma homenagem a esses restaurantes, aos seus fundadores e a todos os seus colaboradores, que proporcionaram a todos nós tantas experiências de prazer e boa gastronomia.

BOM CHURRASCO
CHURRASCARIAS QUE FIZERAM E FAZEM HISTÓRIA

SÃO PAULO

TEXTO
JOSIMAR MELO

INTRODUÇÃO

Nada melhor que desfrutar um almoço com a família e com amigos; se for churrasco então, melhor ainda. Se temos hoje o privilégio de escolher opções de qualidade melhores que no passado devido ao desenvolvimento da pecuária no país, parte desse mérito também é devido aos restaurantes pioneiros do ramo, que abriram portas e ajudaram a estimular esta parcela tão importante de nossa cultura: o bom e tradicional churrasco brasileiro.

E que a nossa culinária – tão rica e grandiosa – siga sendo não apenas descoberta e mantida por nós, brasileiros, mas também divulgada mundo afora.

Foi o que motivou o time do Mania de Churrasco! – grupo que nasceu em 2001 – a prestar esta homenagem a algumas das marcas que fizeram e fazem história na cidade de São Paulo.

São muitas trajetórias, tantas que pedimos antecipadamente desculpas a tantos outros restaurantes e pessoas que não estão presentes neste livro. Tomamos a liberdade de incluir um restaurante portenho, pela admiração que temos pelas carnes e parrilla dos nossos vizinhos; e, dentre as novas casas, uma foi escolhida para representar a grande geração que está conquistando sucesso por optar por um caminho de qualidade e diferenciação.

Somos um grupo relativamente novo e buscamos aprender e nos inspirar nos bons exemplos. Por isso, optamos também pelo caminho da qualidade superior e do cuidado com as pessoas.

Temos orgulho em atuar neste ramo tão complexo quanto cativante, de inúmeras oportunidades. Assim, queremos agradecer aos pioneiros, aos amigos, aos colegas e a você, leitor, que provavelmente já é cliente de alguns desses restaurantes.

Um grande abraço de todo o time

Mania de Churrasco!

SUMÁRIO

9	O CHURRASCO NO MUNDO E NO BRASIL

CHURRASCARIAS

31	RODEIO
37	RECEITAS
39	RUBAIYAT
45	RECEITAS
47	TEMPLO DA CARNE
53	RECEITAS
55	FOGO DE CHÃO
61	RECEITA
63	DINHO'S
69	RECEITA
71	BARBACOA
77	RECEITAS
79	JARDINEIRA
85	RECEITA
87	NB STEAK
93	RECEITA
95	VARANDA
101	RECEITA
103	CORRIENTES 348
109	RECEITA
111	QUINTAL DE BETTI
117	RECEITAS
119	MANIA DE CHURRASCO!
127	RECEITAS

O CHURRASCO
NO MUNDO E NO BRASIL

Foi uma conjunção perfeita entre o homem – aquele hominídeo que viraria o *Homo sapiens* – e a natureza da savana africana ao seu redor: um raio, o fogo e as carnes que alimentavam nossos antepassados sendo lambidas pelas chamas acidentais e ficando, assim, mais saborosas e digestivas.

Pode ter sido há mais de 2 milhões de anos, ainda no início da Idade da Pedra. Um longo percurso até que aqueles primatas evoluídos deixassem de depender de tempestades ocasionais e dominassem o fogo. Com o fogo e instrumentos para auxiliar no cozimento dos alimentos, desenvolveram muitas técnicas culinárias. Mas nunca, jamais, abandonaram o gosto primevo pela carne grelhada. O sabor atávico do churrasco nos acompanha até hoje.

Em muitos lugares do mundo, essa prática ganha formatos diferentes. No Brasil, está associada à cultura do gado bovino, que por aqui pisou pela primeira vez em 1532, com as cabeças trazidas por Martim Afonso de Sousa para a capitania de São Vicente, mas que historicamente se desenvolveu como criação bem longe de lá, no Nordeste e no Sul.

E onde há abundância de gado... há que haver churrasco. No Nordeste, entretanto, onde o boi era importante elemento de tração para os engenhos de açúcar nos séculos XVII e XVIII e de alimento para a população crescente, a carne era utilizada sobretudo em forma de conserva, salgada e seca.

RODEIO

BARBACOA

Já no atual Rio Grande do Sul e arredores, depois que se desfizeram as missões jesuíticas e o gado se multiplicou livremente, solto nas pastagens naturais, a grande oferta de proteína em pé – antes ali mais valorizada pelo couro que a encobria – passou a ser apropriada pelos novos donos das terras, fugitivos do exército português ou espanhol (conhecidos como gaúchos), e transformada em poderoso alimento.

Na forma de charque, vai sustentar a mineração nas Minas Gerais do século XVIII, além da alimentação cotidiana no Sul. Mais do que o couro, essa modalidade de carne bem salgada e seca vai se tornar o principal produto econômico derivado da criação bovina.

JARDINEIRA

Mas também vem daquela região – em que se incluem os pampas circunvizinhos da Argentina e Uruguai – a tradição dos vaqueiros de abater bois durante suas jornadas, espetar os cortes em varetas de madeira improvisadas e dispô-las em torno de uma fogueira – assando em fogo no chão.

É momento festivo: as carnes vão sendo fatiadas em lascas e distribuídas ao longo de horas de comilança. Uma forma de preparar e comer que se iniciou com os primeiros gaúchos em suas jornadas de caça ao gado solto e se perpetuou depois nas estâncias formadas a partir da ocupação de terras devolutas ou da outorga de propriedades pelas Coroas a certas famílias.

Com o passar do tempo, os hábitos trouxeram diferenças entre os lados da fronteira. Nas bandas de língua espanhola, com suas churrasqueiras alimentadas por lenha, os miúdos valem tanto quanto a carne propriamente dita, e a companhia do molho chimichurri se impõe; já do lado de cá, onde as carnes hoje são preparadas principalmente com carvão, os miúdos não ganharam tamanho atrativo, e, além do molho vinagrete, a farinha de mandioca é guarnição indispensável.

Ao longo do século XX, quando os longínquos gaúchos ganharam mais espaço, inclusive político, na sociedade brasileira, esses hábitos rurais foram conquistando as cidades de sul a norte, na forma de restaurantes especializados.

O espeto corrido, sistema hoje mais conhecido como rodízio, é a representação quase teatral do sistema do fogo de chão nos festejos dos pampas. Os primeiros restaurantes a terem adotado o sistema funcionavam em estradas, espécie de intersecção entre o mundo do campo e o das cidades, de onde vinham (ou para onde rumavam) os caminhoneiros, felizes por encontrar um sistema rápido, farto e barato para comer nas paradas.

Mas, ao longo do século XX, popularizaram-se nas cidades, até mesmo antes dos rodízios, as churrascarias à la carte, com um cardápio de carnes servidas já porcionadas – em ambos os casos, preparadas na grelha com a brasa de carvão.

JARDINEIRA

BOM CHURRASCO 21

CORRIENTES 348

E em poucas décadas, a partir da metade do século XX, o churrasco — em qualquer de suas modalidades de serviço — saiu de Porto Alegre para ganhar os brasileiros, tornando-se até mais popular do que o prato mais emblemático do país, a feijoada. Foi virando cartão-postal e começou também a ganhar o mundo, produto de exportação, com redes que espalham essa preferência nacional por diversos países, sendo cada vez mais associada ao Brasil pelo mundo.

DINHO'S

Um dos fatores que permitiram esse crescente prestígio das churrascarias foi, além da profissionalização do serviço, a notável melhoria na qualidade das carnes produzidas no país.

Até poucas décadas atrás, a quase totalidade do rebanho bovino brasileiro era composta de gado de origem asiática, aqueles zebuínos facilmente reconhecíveis por ostentarem corcova (de onde se retira o delicioso cupim). Essas raças, como a Nelore, vindas de regiões tropicais do planeta, têm a vantagem de se adaptar bem ao clima e às pastagens do Brasil, dada sua rusticidade.

TEMPLO DA CARNE

Mas as melhores raças para carne são as europeias, sendo as mais conhecidas aquelas de origem britânica – como Angus ou Hereford. Só que estas se dão melhor em climas mais temperados e com as pastagens mais típicas daquele tipo de bioma.

O que ocorreu no Brasil, nas últimas décadas, foi a crescente introdução dessas raças em várias regiões. Em alguns casos, das raças puras, criadas em áreas onde podem se desenvolver adequadamente; e, na maioria das vezes, através de cruzamentos com raças mais rústicas, gerando animais que têm características adaptadas ao ambiente brasileiro e, ao mesmo tempo, produzem carcaças bem marmorizadas e saborosas.

A evolução não parou aí. Afora o aperfeiçoamento produzido pelos criadores, tem havido permanente melhoria em todos os outros pontos da cadeia produtiva. Nisso se incluem abatedouros que zelam pela higiene e pelo trato humanitário dos animais; frigoríficos que armazenam e maturam adequadamente as peças recebidas; e açougueiros que se esmeram em selecionar e porcionar os melhores cortes, além de muitas vezes se dedicar à maturação a seco.

Um ciclo que teve o incentivo de personagens marcantes – como os açougueiros da família Wessel, o então vizinho e leal concorrente Marcos Bassi, o pecuarista Sylvio Lazzarini e tantos outros – e que chega à sua face mais exuberante na existência de magníficos restaurantes e sua arte de grelhar as carnes à perfeição.

MANIA DE CHURRASCO!

BOM CHURRASCO 27

Com isso a ponta mais visível do processo – o churrasco servido à mesa – progrediu enormemente nos últimos anos no país. Templo da gastronomia brasileira, a cidade de São Paulo soube abrigar portentosos representantes gastronômicos dessas tradições emanadas do Sul. A história de alguns deles é contada a seguir, ilustrando como a memória de nossos antepassados – desde a pré-história até os dias de hoje, passando pelas tradições gaúchas – se mantém viva e ao alcance de nossos garfos e paladares.

VARANDA

CHURRASCARIAS

RODEIO

Em 1958, a pequena churrascaria Rodeio, na rua Haddock Lobo, nos Jardins, era recém-fundada e desconhecida do público. Mas já no segundo dia de vida ganhou um cliente fiel: o publicitário Nestor de Macedo. Tão fiel que logo se tornou sócio do fundador, Mauro Meirelles, e em 1960 comprou o restante. Nestor o fez mediante acordo com o filho: este, de apenas 21 anos, deveria tocar o negócio.

Coube então a Roberto Macedo construir ao longo dos anos uma das marcas mais magnéticas e charmosas da gastronomia de São Paulo. Durante sua gestão, o restaurante multiplicou de tamanho, à medida que foi adquirindo os imóveis vizinhos; modernizou o serviço; criou nos anos 1970 um prato que virou febre (e lá ainda é), a picanha fatiada fina e aquecida em pequenos braseiros; abriu em 2011 uma enorme filial num shopping de luxo, o Iguatemi; mas, principalmente, aliou um produto de qualidade a um serviço profissional e — não menos importante nesta história — à badalação que fez com que, durante mais de 20 anos, o Rodeio fosse o ponto mais procurado por políticos, empresários, publicitários e artistas e pelas famílias de todos eles, além da multidão que gosta de ver e tenta ser vista.

Por muito tempo, boa parte da crônica social da cidade foi escrita no Rodeio da Haddock Lobo. Mas, em meio àquela fogueira de vaidades, o proprietário soube sempre cultivar a maior discrição – tanto que, em seu auge, a "cara" do restaurante para o público era a de outra pessoa, o competente e charmoso maître espanhol Ramon Mosquera Lopes.

Até hoje o Rodeio abriga um público que é referência em muitas áreas em São Paulo e no país, tendo passado impavidamente inclusive pelo período em que, atraídas por sua fama, abriram nas imediações outras churrascarias de luxo (das quais não sobrou nenhuma por ali).

Roberto Macedo morreu em 2012, e sua filha, Silvia Levorin – que desde 1986 participava da vida do restaurante –, foi quem assumiu definitivamente a linha de frente da operação. Na prática, ela já exercia o comando havia bom tempo, ainda que sob o olhar atento do pai.

Silvia herdava um restaurante que ocupava seis vezes mais área do que a original. Os garçons, que antes se vestiam de gaúchos, com lenço e bombacha, agora trajavam vestes alinhadas. A criação do pai, a picanha fatiada, continua reinando, mas sem defumar a clientela — os fogareiros que iam à mesa foram trocados por nichos laterais com potentes exaustores. O arroz biro-biro, criado por famosos clientes, espalhou-se de tal forma (e com tantas versões) que hoje foi rebatizado arroz Rodeio.

Ramon não está mais lá (ficou no Rodeio até o final dos anos 1980 e morreu em 1999), mas Francisco Chagas Filho ocupa o lugar do icônico maître. E, se aos 62 anos do restaurante muitos clientes de décadas atrás não estão também mais aqui, seus filhos e netos não deixam de comparecer para render homenagem às memórias de família e à excelência de uma casa que ainda hoje marca a cidade.

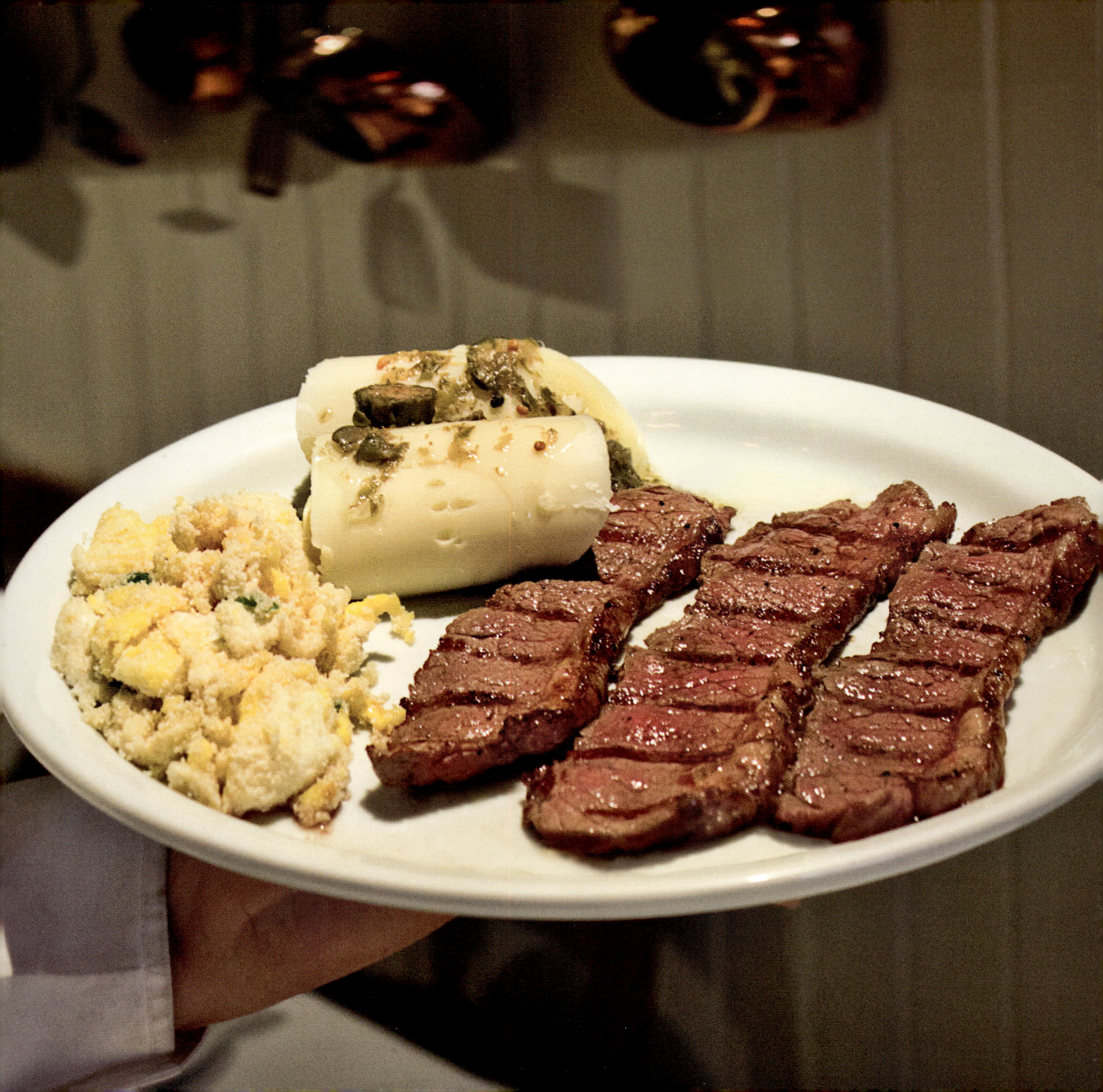

RODEIO
RECEITAS

FAROFA ESPECIAL

INGREDIENTES
4 ovos
2 colheres (sopa) de manteiga
2 colheres (sobremesa) de cebolinha verde
1/2 colher (sopa) de cebola picada
150 g de farinha de mandioca
sal a gosto

MODO DE PREPARO
Coloque na frigideira a manteiga, o sal, os ovos, a cebolinha e a cebola picada e deixe fritar bem. Adicione a farinha de mandioca e misture até tudo estar bem combinado.

RENDIMENTO 1 porção
TEMPO DE PREPARO 5 minutos

PALMITO ASSADO

INGREDIENTES
2,7 kg de palmito *in natura* (apenas o miolo)

MODO DE PREPARO
Embrulhe o palmito em papel-celofane, coloque na parte superior da churrasqueira e deixe assar por 1 hora e 30 minutos, virando frequentemente durante esse tempo. Sirva com molho de manteiga e alcaparra.

RENDIMENTO 2 porções
TEMPO DE PREPARO 1 hora e 30 minutos em papel-celofane; 1 hora em papel-alumínio (usado excepcionalmente)

PICANHA FATIADA

INGREDIENTES
1 corte de picanha (400 g para 1 pessoa, 700 g para 2 pessoas)
sal grosso

MODO DE PREPARO
Leve a picanha inteira à churrasqueira por alguns minutos para selar.
Retire, fatie e grelhe até o ponto desejado. (Depois de cortada em fatias finas, a carne é grelhada pelo garçom em fogareiro instalado no salão, de acordo com o ponto desejado pelo cliente.)

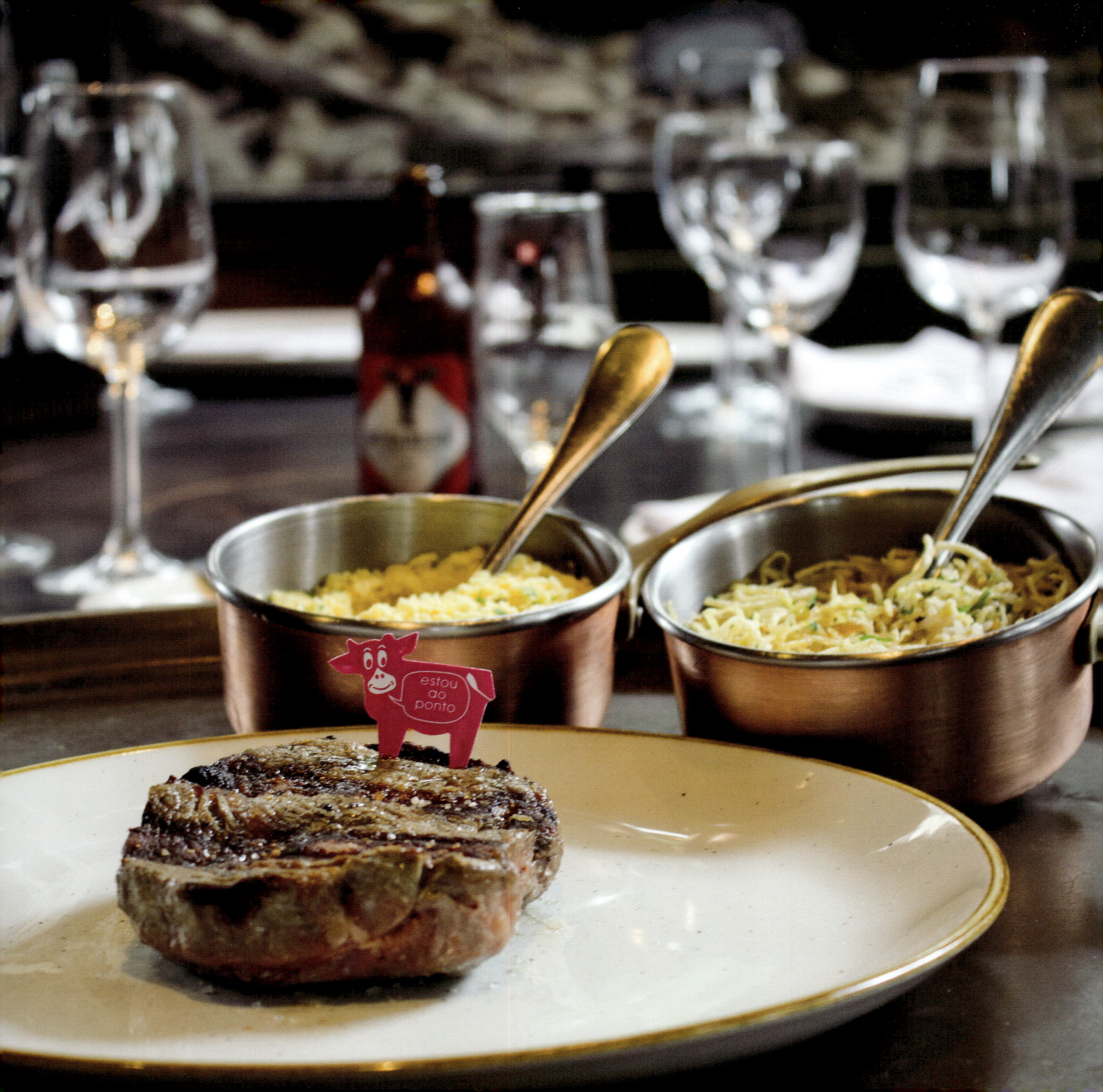
estou ao ponto

RUBAIYAT

RUBAIYAT
Faria Lima

BOM CHURRASCO | RUBAIYAT   41

A Galícia, no noroeste da Espanha, era uma região muito pobre, e o jovem Belarmino Fernández Iglesias deixou para trás aquela vida modesta no campo e tentou a sorte longe de lá. Em 1951, aos 19 anos, aportou no Brasil com apenas um dólar no bolso e iniciou uma aventura empreendedora que legaria aos dois países — e a outros — uma marca de carnes e churrasco: a rede Rubaiyat.

Belarmino começou nos postos mais humildes, limpando lixeiras num bar de São Paulo; mas em pouco tempo estava dirigindo o salão de uma churrascaria importante, a Guacyara. Quando parte dos sócios saiu para abrir uma nova casa — a Rubaiyat —, ele foi chamado a ter 10% do negócio. Em cinco anos compraria todas as cotas.

Esse primeiro Rubaiyat, churrascaria com serviço à la carte na avenida Vieira de Carvalho, no elegante centro de São Paulo, foi aberto em 1957 com decoração inspirada na tradição persa dos antigos donos. Assumindo o comando, Belarmino deu-lhe ambientação mais moderna e refinada, com toalhas e guardanapos de linho. E logo, antes mesmo de ter-se expandido para outros pontos da cidade, esse homem do campo se preocupou com outro aspecto: a origem e a qualidade das carnes, então precárias no Brasil.

Em 1968, começou a comprar fazendas e fazer seleção genética do gado, focando-se no novilho precoce e no cruzamento das raças locais (de origem indiana) com gado europeu. Belarmino era não somente churrasqueiro, mas também ativo pecuarista, articulado nas associações de produtores.

Inaugurou assim um sistema "do campo à mesa", com toda a sua produção dedicada aos restaurantes. Paralelamente, sempre inovou no cardápio, introduzindo cortes como o baby beef (que primeiro era da alcatra e depois passou a ser do contrafilé), o master beef, o queen beef e o tomahawk e produtos da fazenda própria, como o baby pork, o javali e o frango label rouge.

Belarmino iniciou a expansão das casas em São Paulo (dois Rubaiyat e o espetacular Figueira) e, desde 1983, teve a seu lado Belarmino Iglesias Filho, que de braço direito se tornaria definitivamente o cabeça da operação quando, em 2011, o fundador sofreu um AVC (ele viria a falecer em 2017, aos 85 anos).

Belarmino Filho já liderara a modernização dos restaurantes (agora despojados, com pratos servidos diretamente sobre a madeira rústica das mesas); a associação com um grupo que comprou 70% da empresa em 2012; a expansão internacional; e, por fim, a recompra da totalidade da empresa em 2017.

Hoje o grupo Rubaiyat — em que se incluem o enorme restaurante homônimo em Madri, a churrascaria Las Lilas de Buenos Aires e o Figueira Rubaiyat em São Paulo — está presente com nove casas em cinco países e já transmite a gestão para a terceira geração dos Iglesias. Sem perder as lições do fundador, com a marca do homem do campo que deixou sua pobre terra natal em busca de um sonho e o realizou no fértil solo brasileiro.

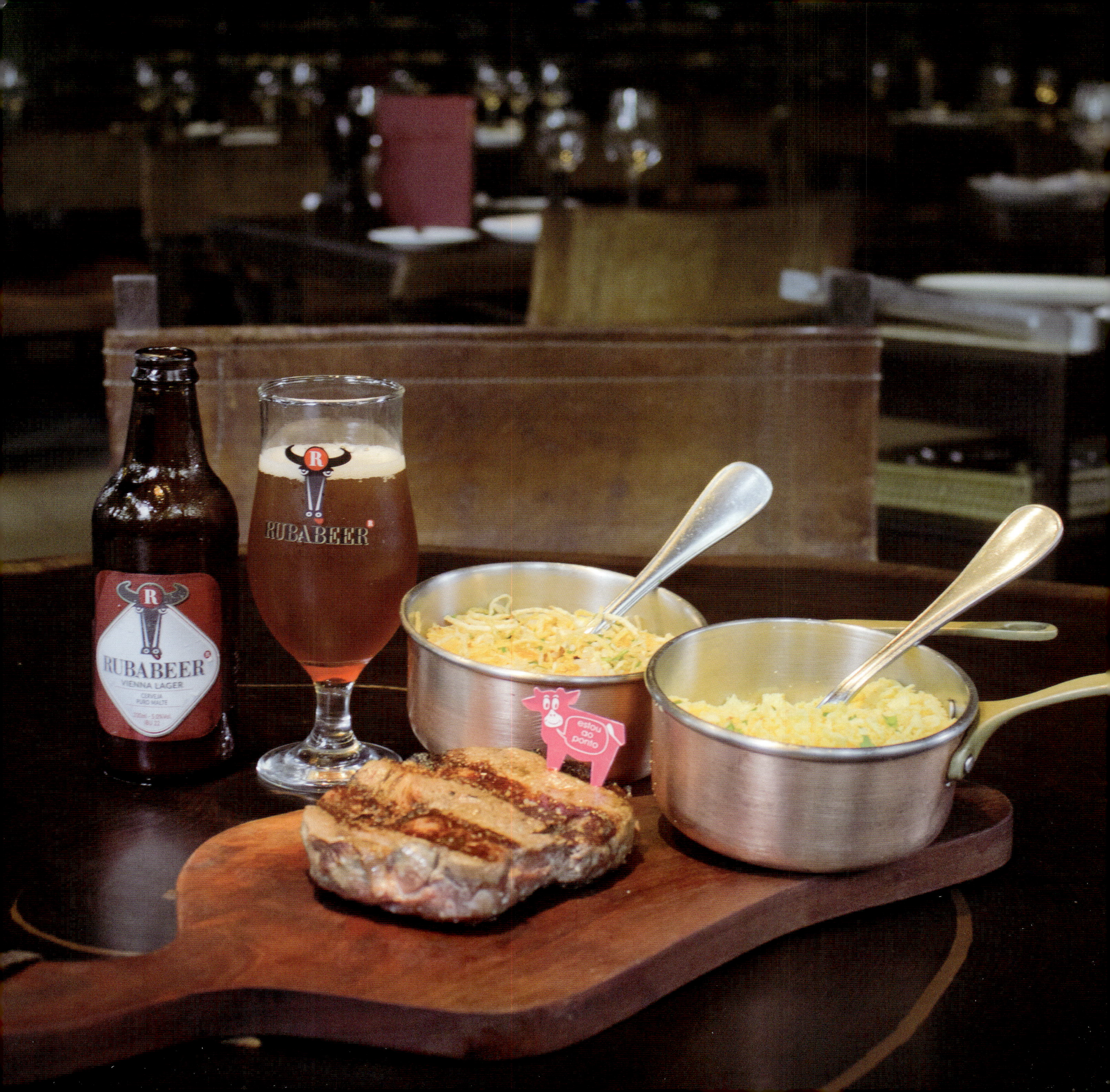
RUBABEER
RUBABEER
VIENNA LAGER
estou ao ponto

RUBAIYAT
RECEITAS

CEBOLA CARAMELIZADA

INGREDIENTES

manteiga de garrafa
açúcar
cebola picadinha
shoyu
vinagre de vinho branco ou tinto

MODO DE PREPARO

Numa panela ou frigideira pequena, aqueça um pouco de manteiga em fogo baixo, junte 1 colher (chá) de açúcar e espere derreter.
Adicione a cebola picadinha e um pouco de shoyu e vinagre, misture e, mantendo o fogo baixo, deixe refogar até que a cebola caramelize.

ARROZ BIRO-BIRO

INGREDIENTES

manteiga de garrafa
cebola bem picadinha
alho picadinho
bacon frito picadinho
linguiça de lombo fresca assada e picada
ovos mexidos
arroz branco já cozido
salsinha picada

MODO DE PREPARO

Numa panela, aqueça manteiga de garrafa suficiente para refogar a cebola e o alho.
Junte o bacon e a linguiça picadinhos e misture.
Adicione os ovos mexidos e misture novamente.
Por último, acrescente o arroz e mexa até tudo estar incorporado.
Disponha no prato de servir e salpique a cebola caramelizada e a salsinha picada.

FAROFA RUBAIYAT

INGREDIENTES

manteiga de garrafa
azeite de oliva
cebola roxa bem picadinha
alho picadinho
farinha artesanal Rubaiyat
sal a gosto

MODO DE PREPARO

Numa panela ou frigideira de sua preferência, aqueça a manteiga de garrafa e o azeite e refogue a cebola e o alho.
Adicione a farinha e misture até que tudo esteja bem incorporado.
Tempere com sal a gosto.

BABY BEEF

340 g de baby beef
sal grosso

MODO DE PREPARO

Tempere a carne com sal e coloque na grelha já aquecida.
O tempo de cocção dependerá do ponto da carne preferido pelo comensal.

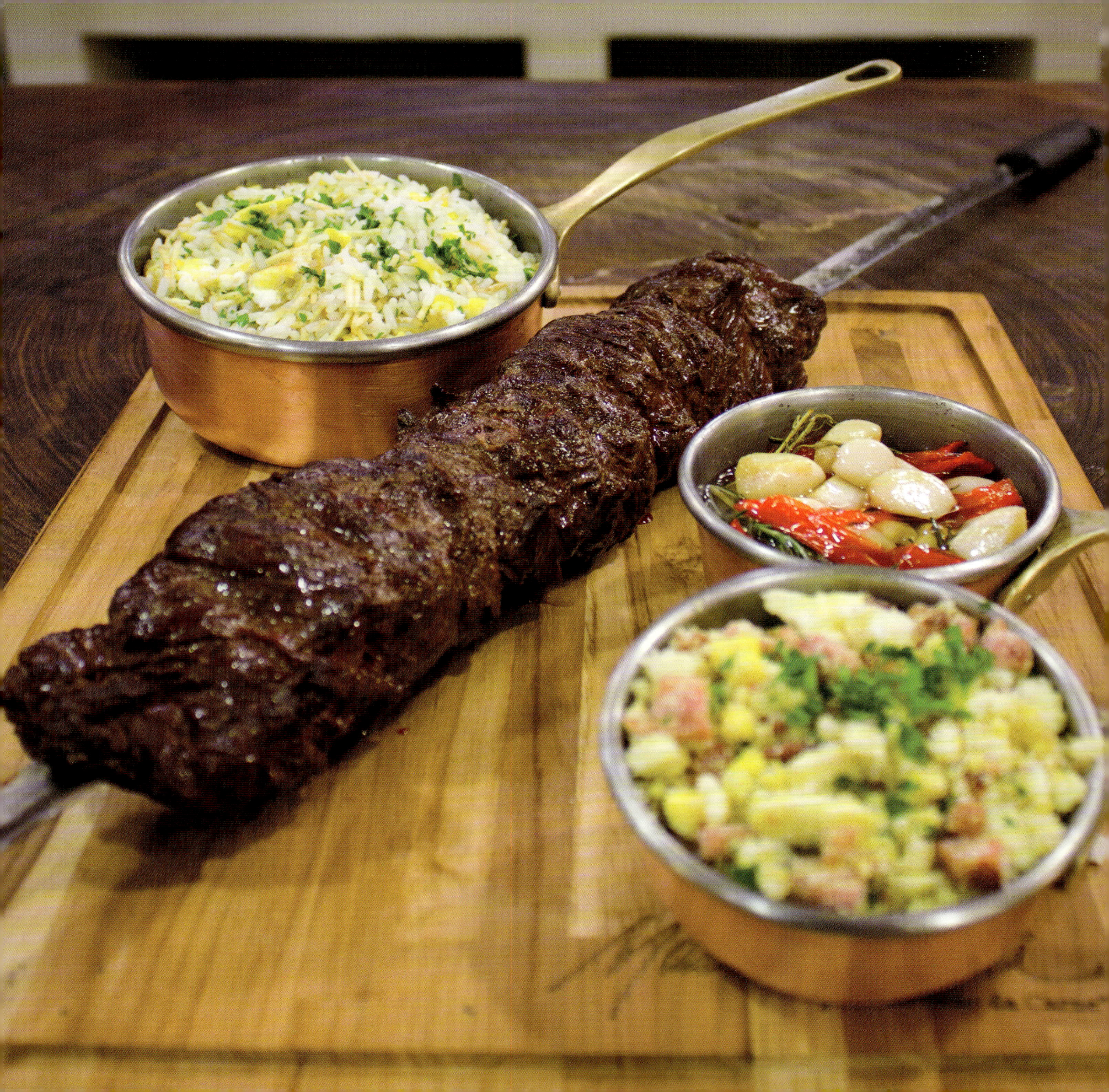

TEMPLO DA CARNE

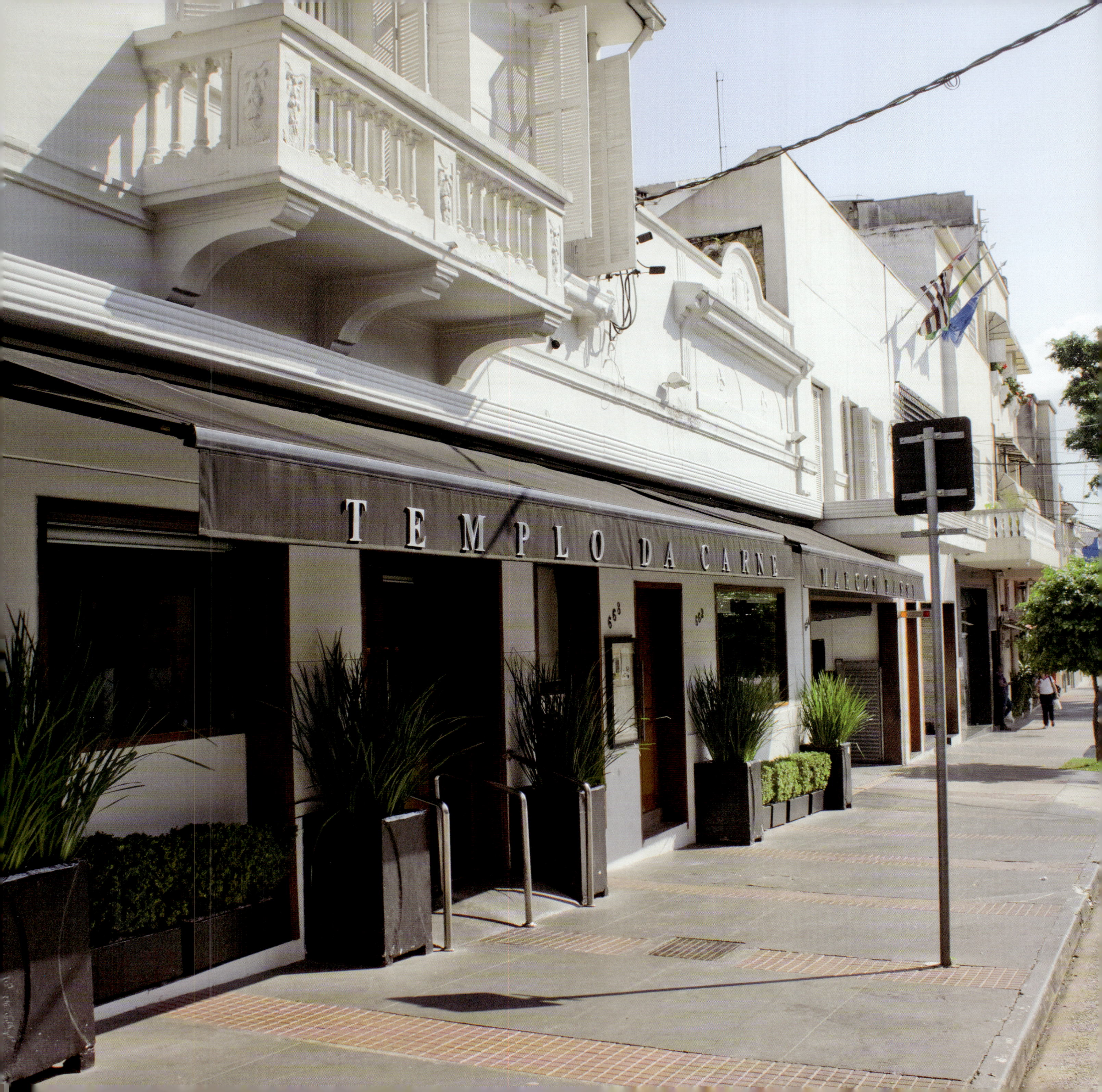
TEMPLO DA CARNE

Marcos Guardabassi, conhecido como Marcos Bassi, era garoto quando, com a morte do pai, acompanhava a mãe pelo bairro do Brás vendendo miúdos de boi de casa em casa e era ainda adolescente quando ajudava no sustento da família trabalhando na banca onde se instalaram no Mercado Municipal de São Paulo.

Tinha apenas 15 anos quando, em 1963, convenceu a mãe a comprar, ainda que com todos os temores, o açougue que descobrira estar à venda na rua Humaitá, no bairro da Bela Vista. Foi onde se revelou o primeiro grande rasgo de sabedoria sobre o que faria no futuro: em vez de chamar de açougue o lugar, batizou-o "Casa de Carnes" – primeiro Casa de Carnes Brasil, logo depois Casa de Carnes Bassi.

Foi ali que o jovem empreendedor começou a exercer o ofício que mais tarde chamaria de "artesanato da carne" – aparando jeitosamente cortes bovinos que nunca manipulara antes, mas cuja arte assimilara desde quando tinha sete anos de idade, observando atentamente os gestos de um açougueiro vizinho.

Foi também ali que mergulhou em publicações importadas, cujos idiomas desconhecia totalmente, para destrinchar nas ilustrações (e nas perguntas aos clientes e aos consulados) como seriam os cortes pedidos por uma clientela estrangeira. Os nomes desses cortes, assim como eles próprios, eram desconhecidos no Brasil. Foi o caso, por exemplo, da cliente francesa que queria *bavette*; Marcos descobriria ser aquilo um pedaço aqui desprezado do boi, pedaço que ele passou a separar e fornecer à cliente, chamando-o de fraldinha.

Ante sua oferta de cortes diferentes, os quais passavam por um processo de maturação úmida (embalados e mantidos por semanas a 0°C) que os amaciava naturalmente, logo cresceu o interesse do público em conhecê-los e saber como utilizá-los. Isso levou Marcos a montar uma churrasqueira na frente da loja e prepará-los ali mesmo. Foi o passo inicial para, depois, abrir a primeira churrascaria, na rua 13 de Maio, sempre na Bela Vista.

Marcos teve também outras lojas (as "boutiques de carnes") e assinou outros restaurantes, além de uma central frigorífica onde as carcaças de boi eram tratadas como joias. Mas, ao final precoce de sua vida (morreu aos 64 anos, em 2013), estava instalado na casa que, sob o olhar aguerrido e cuidadoso das filhas, Tatiana e Fabiana, e da viúva, Rosa Maria, segue combinando churrascaria com loja e ponto de eventos. É o Templo da Carne Marcos Bassi, que nasceu em 1979 e está na mesma 13 de Maio do primeiro restaurante (apenas em outro número).

A dedicação ao aprimoramento da qualidade da carne oferecida no Brasil, que foi lapidando como açougueiro que nunca deixou de ser, bem como o zelo em prepará-la e servi-la no ofício de restaurateur que terminou também adotando, inscreveu o nome de Marcos Bassi na história do churrasco. Como qualquer pessoa pode facilmente constatar visitando o templo que ele legou à cidade.

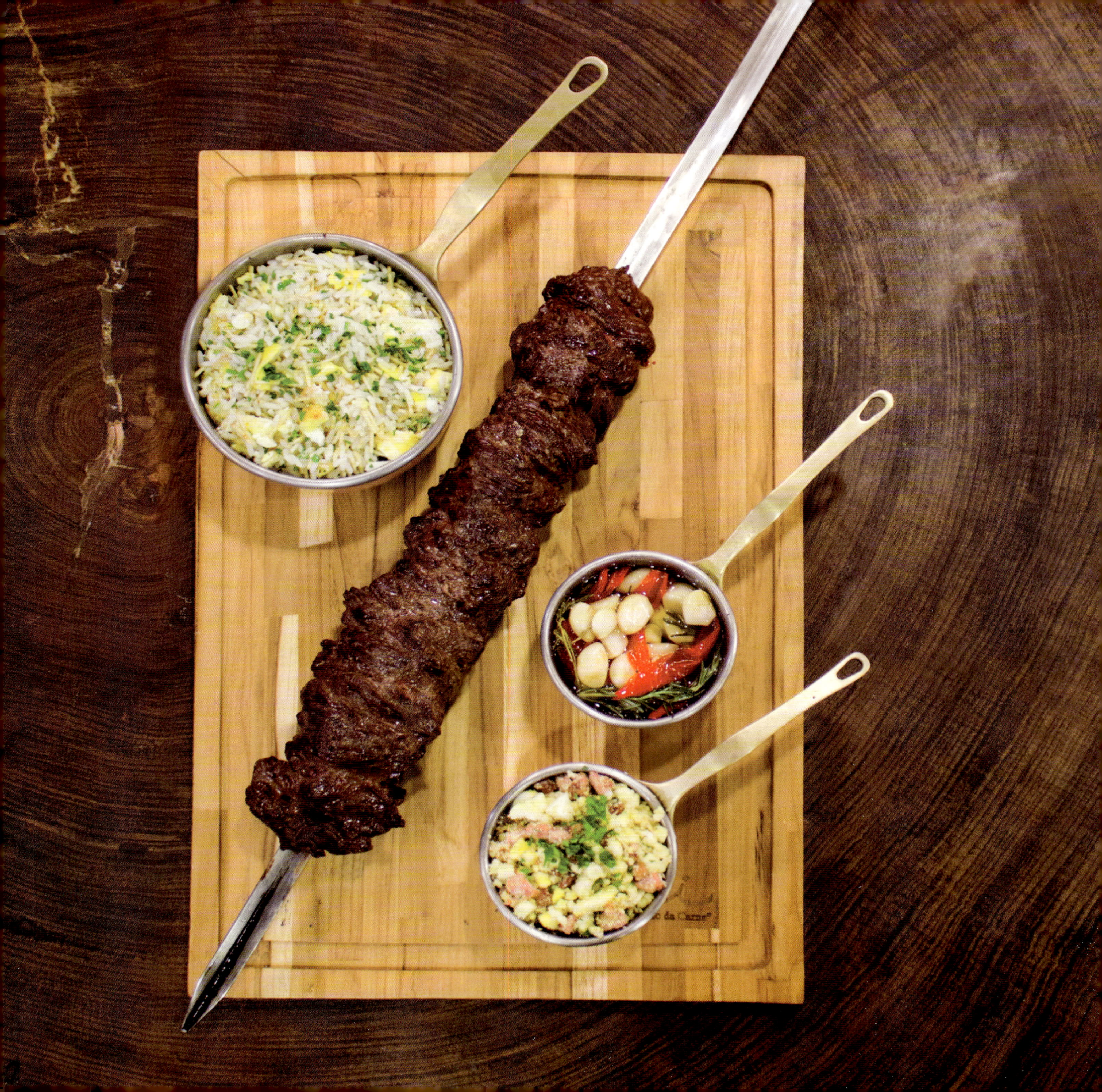

TEMPLO DA CARNE
RECEITAS

ARROZ DO CHEF

INGREDIENTES

1 xícara de bacon em cubinhos
azeite de oliva
4 xícaras de arroz branco cozido
2 ovos levemente batidos
1 xícara de batata palha
salsinha picada

MODO DE PREPARO

Numa panela, frite bem o bacon com um pouco de azeite. Quando estiver bem crocante, junte o arroz cozido e misture. Afaste o arroz para a borda, despeje os ovos no centro da panela, mexa para quebrá-los em pedaços menores e, depois, misture tudo.
Retire do fogo, adicione a salsinha picada e a batata palha e sirva.

RENDIMENTO 4 porções

FAROFA BASSI

INGREDIENTES

200 g de bacon em cubinhos
300 g de farinha de mandioca
1 cebola picada
2 dentes de alho picados
3 ovos cozidos picados em cubos
50 g de linguiça defumada assada, sem pele, em cubinhos
salsinha e sal a gosto

MODO DE PREPARO

Numa frigideira, frite o bacon, escorra e reserve a gordura.
Em outra frigideira, toste a farinha de mandioca.
Frite a cebola e o alho na gordura do bacon e depois misture a farinha, os ovos, a linguiça e a salsinha.
Corrija o sal e sirva.

RENDIMENTO 4 porções

MOLHO DE ALHO

INGREDIENTES

dentes de alho, descascados
pimenta-dedo-de-moça, sem sementes
ramos de alecrim fresco
óleo vegetal
azeite de oliva extravirgem

MODO DE PREPARO

Numa panela de ferro, junte os dentes de alho, a pimenta e o alecrim, acrescente óleo e azeite em quantidades iguais até cobrir os ingredientes e leve ao fogo brando.
Quando começar a ferver, retire a panela do fogo, tampe e deixe descansar.
Sirva com a carne.

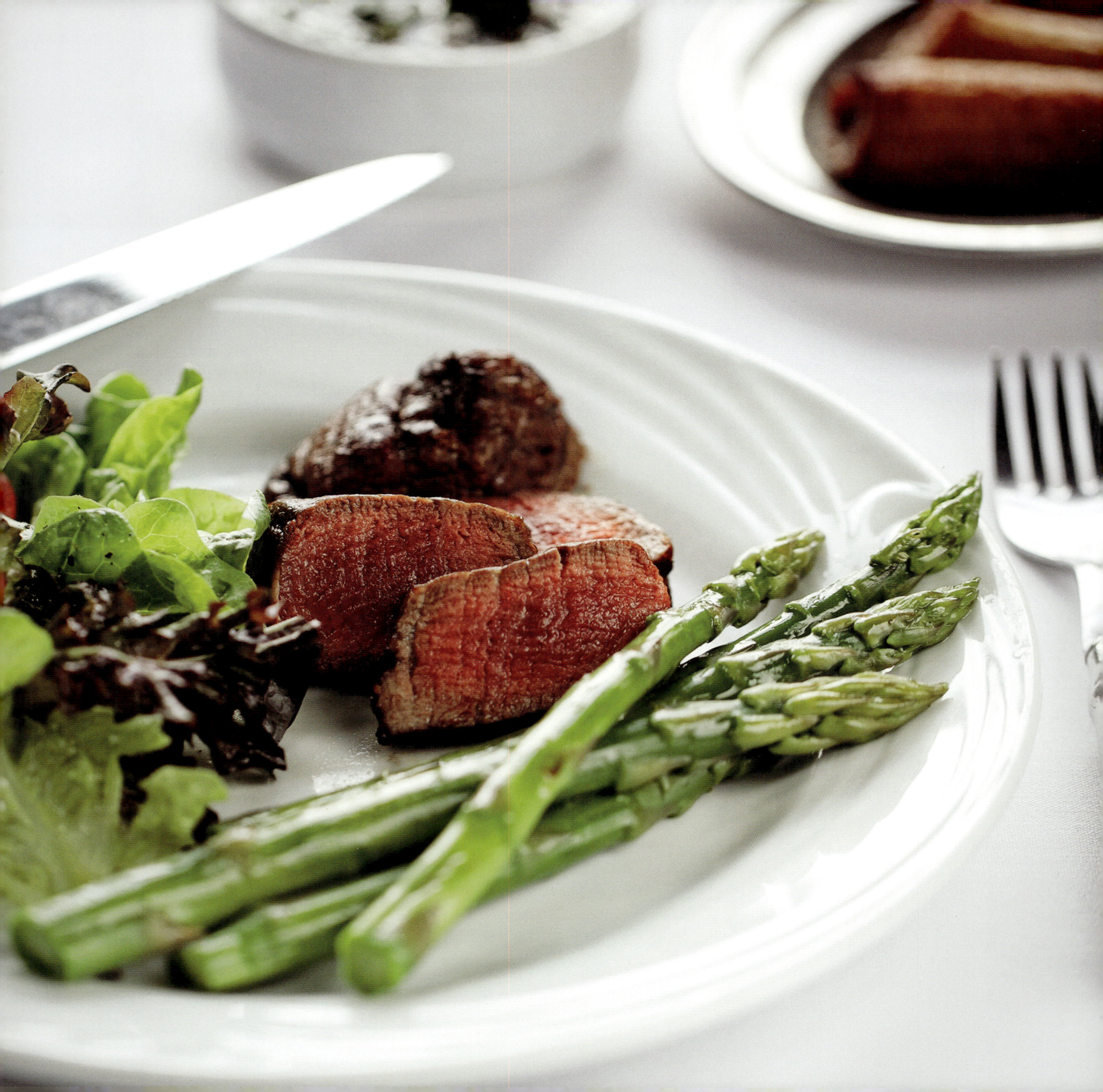

FOGO DE CHÃO

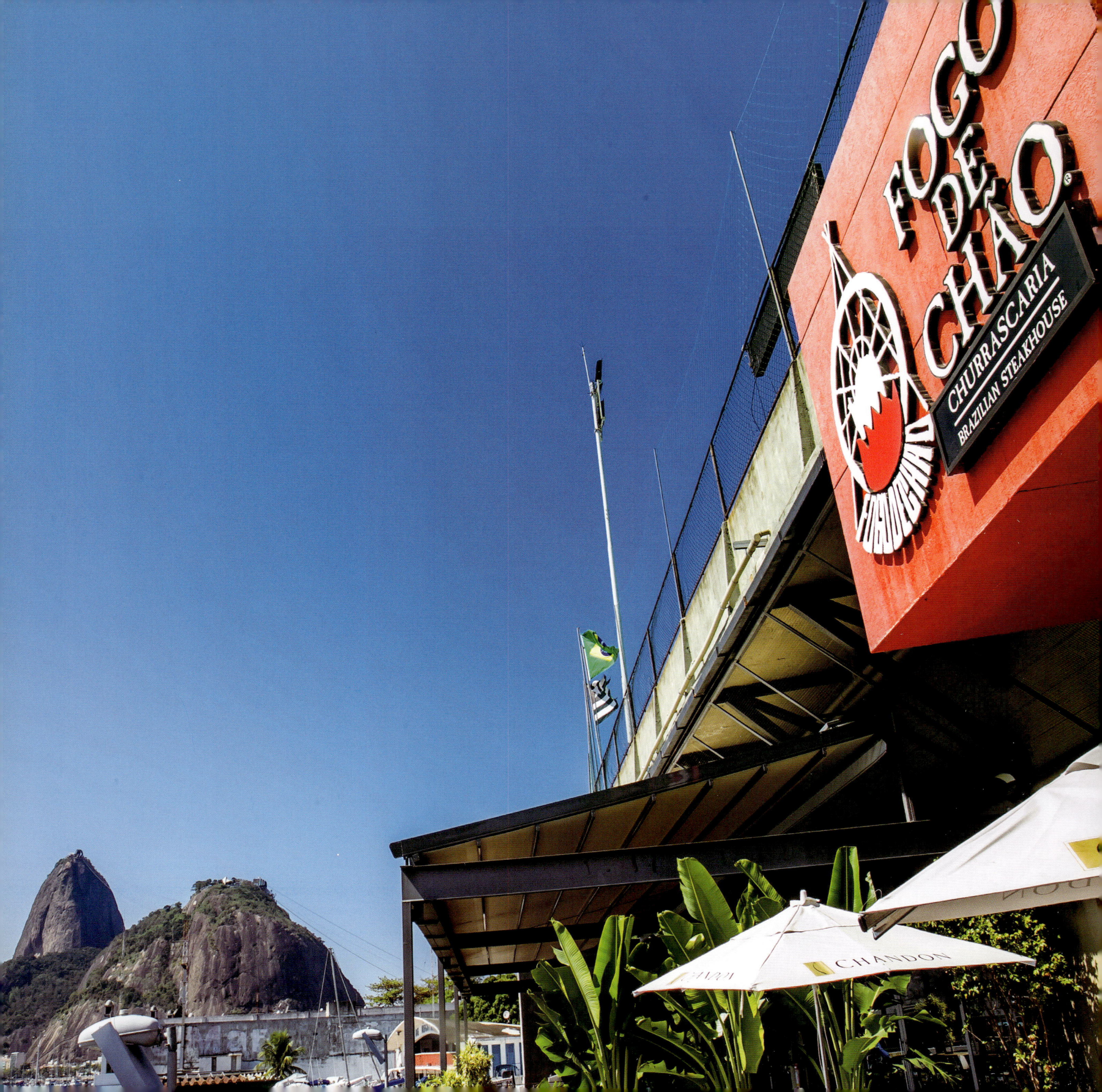
FOGO DE CHÃO
CHURRASCARIA
BRAZILIAN STEAKHOUSE
CHANDON

Referência internacional na arte de fazer churrasco, a rede de churrascarias Fogo de Chão completou 40 anos em 2019 com mais de 50 endereços em vários países. Seu início foi em 1979, com a abertura em Porto Alegre.

A segunda churrascaria da marca foi inaugurada em São Paulo, no bairro de Moema, em 1986, e foi responsável por abrir espaço para a nacionalização da rede. No final da década de 1990, mais precisamente em 1997, a Fogo de Chão iniciou sua internacionalização quando inaugurou a unidade em Dallas, nos Estados Unidos.

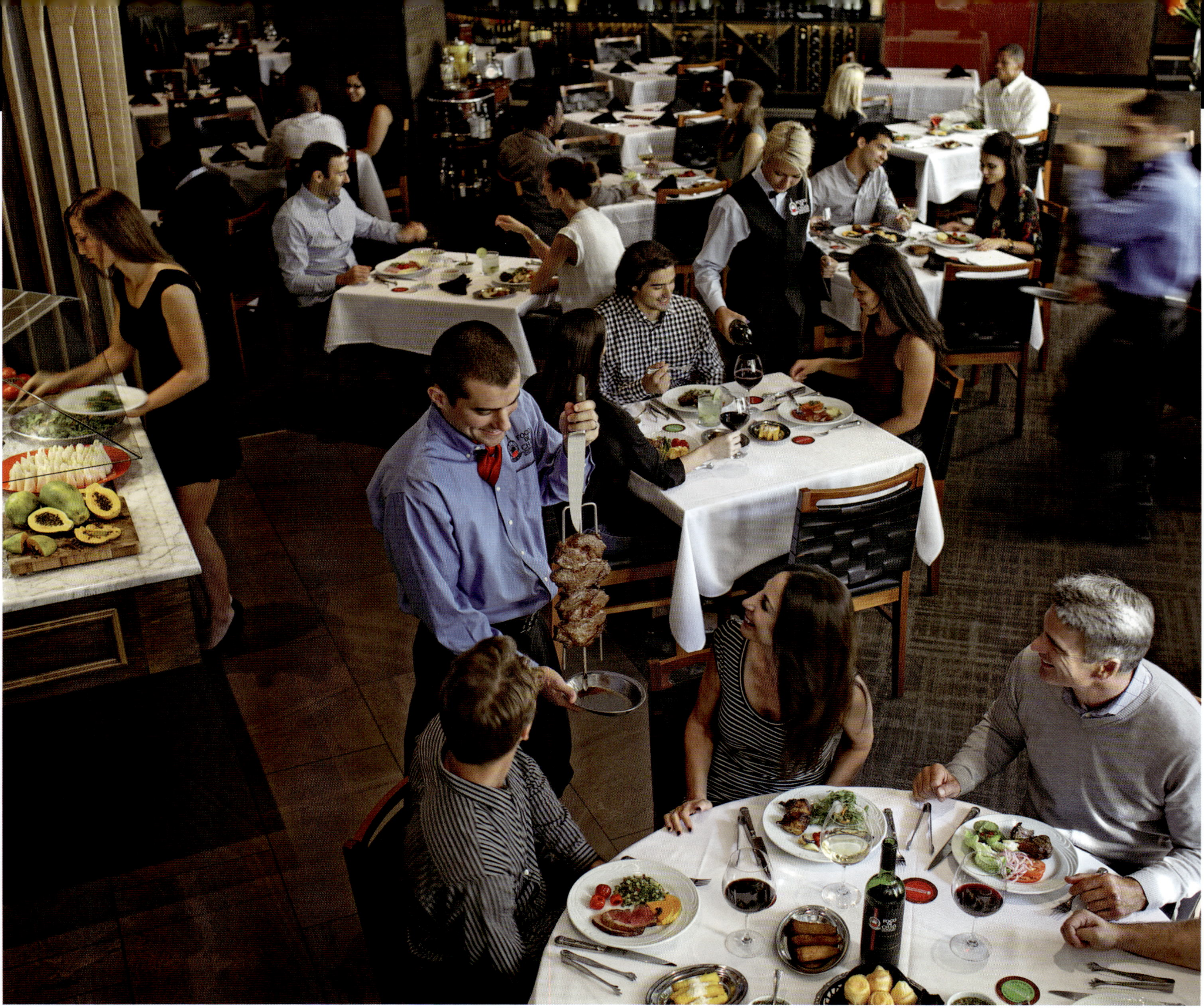

Mantendo a imagem de um serviço atencioso e sofisticado, instalações de primeira e carnes de qualidade churrasqueadas com competência, a Fogo de Chão continuou expandindo-se. Por enquanto, são 53 endereços, 8 deles no Brasil e os demais nos Estados Unidos, Porto Rico, México e Oriente Médio (mas, quando você estiver lendo este livro, já poderão ser mais...).

Além da ampliação no número de casas, novos conceitos foram incorporados ao sistema tradicional de rodízio. Um deles é o Fogo Gourmet, que permite ao cliente escolher uma opção de corte de carne acompanhado da mesa de saladas; e outra é o Bar Fogo, um ambiente moderno para encontros mais informais, com menu especial de drinks e aperitivos.

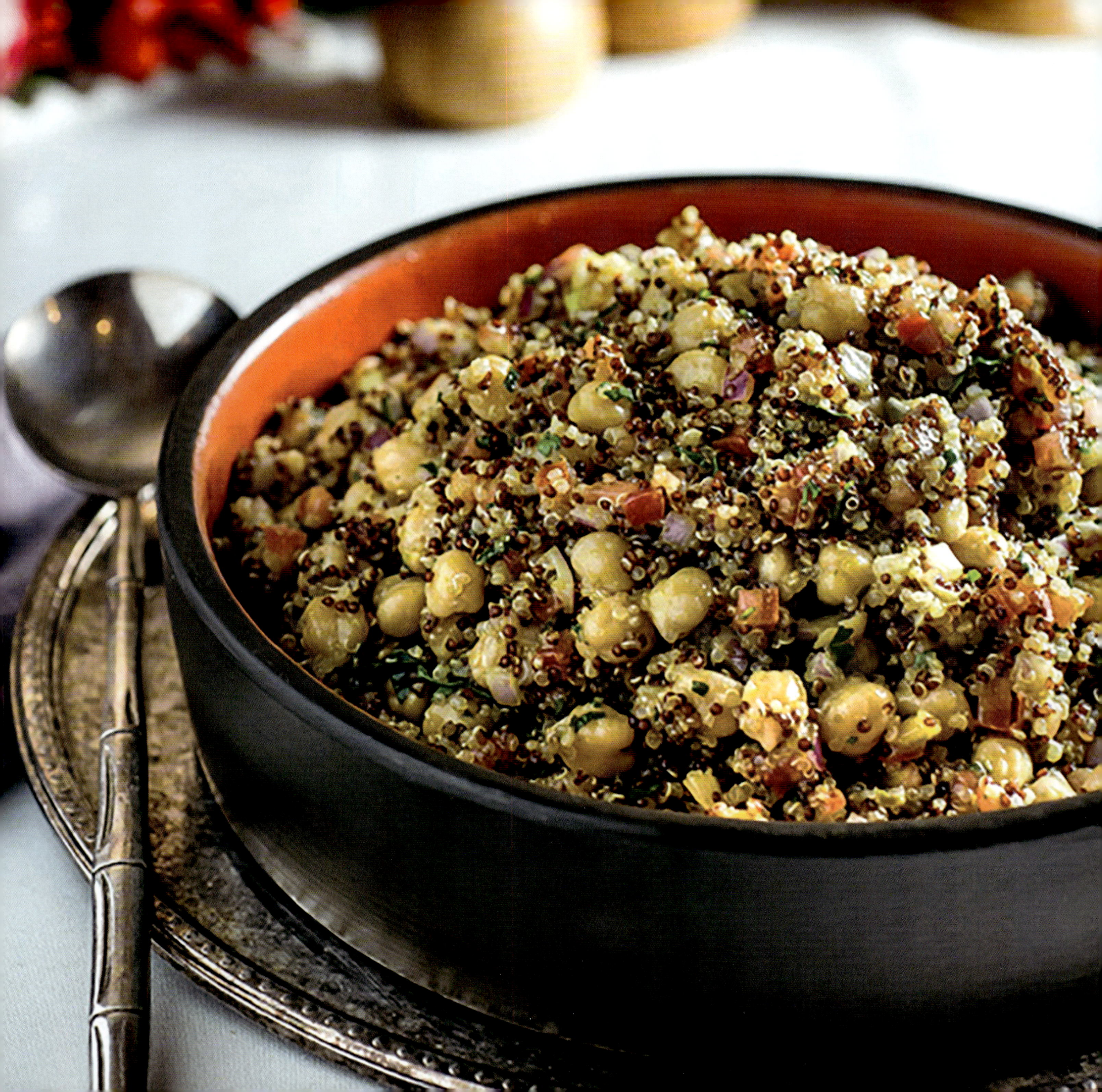

FOGO DE CHÃO
RECEITA

SALADA DE QUINOA COM GRÃO-DE-BICO

INGREDIENTES

400 g de grão-de-bico cozido

400 g de quinoa branca cozida

400 g de quinoa vermelha cozida

200 ml de tomate (molho sem semente)

200 g de cebola roxa picada

150 ml de azeite

30 ml de vinagre de vinho tinto

150 ml de molho a base de mostarda

50 g de salsa

sal a gosto

MODO DE PREPARO

Em uma saladeira grande acrescente todos os ingredientes e misture bem.
Coloque o sal e sirva.

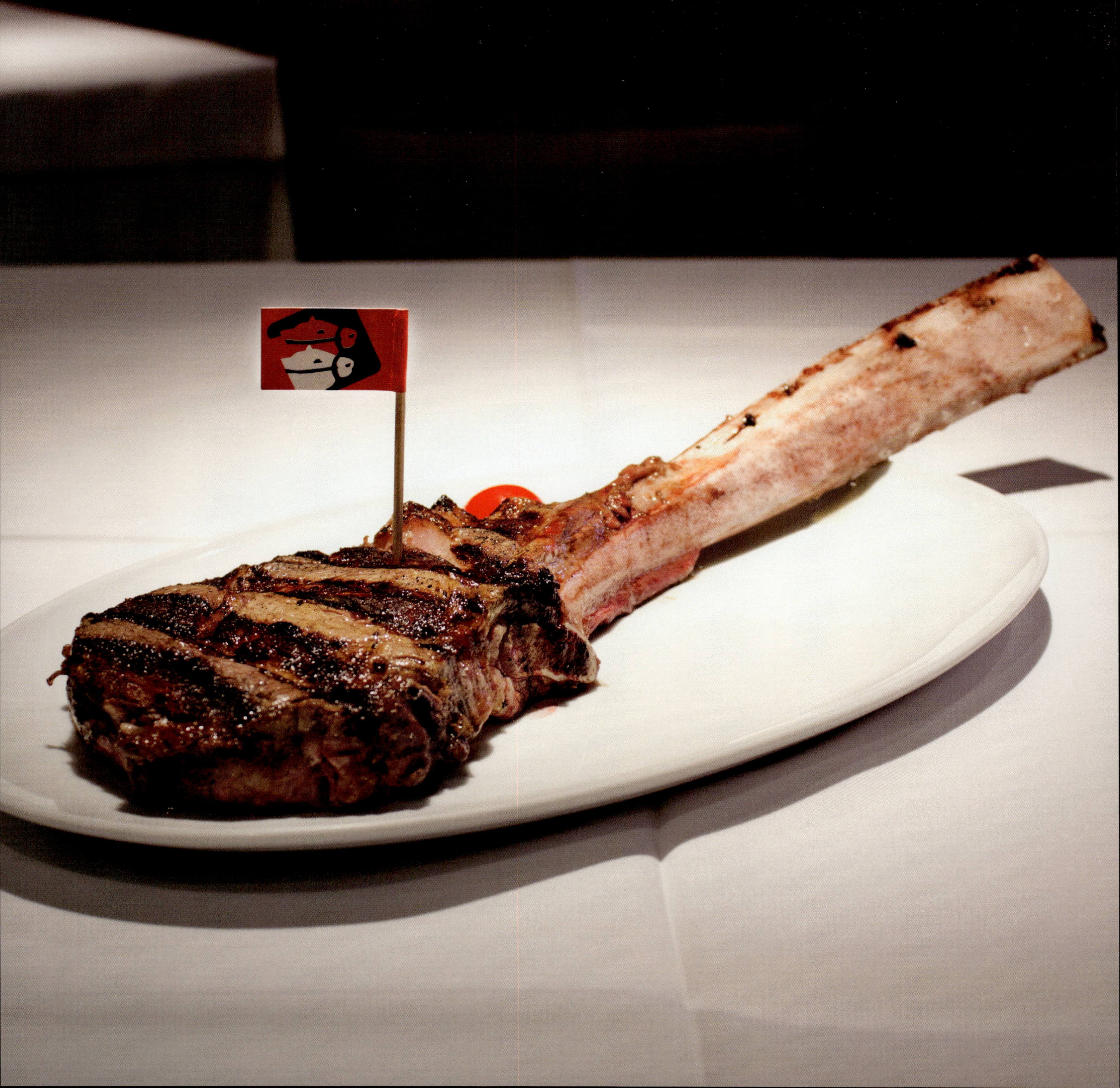

DINHO'S

Dinho's

45

VALET
R$ 20,00

No começo, eram lanchonetes. Na década de 1950, Fuad Zegaib – o Dinho – teve duas casas de sanduíches, a Simbad e a Longchamp, na rua Augusta. Isso antes de ter-se estabelecido no local onde está até hoje; porque foi em 1960 que o ainda jovem Fuad assumiu o ponto na alameda Santos, no bairro do Paraíso, com a pequena lanchonete batizada Espeto de Ouro. Lá fez sucesso sua primeira criação: o sanduíche bossa-nova, um espetinho de filé, bacon, tomate e cebola servido em pão de hot-dog.

No ano seguinte, alugou o terreno ao lado, e o negócio se ampliou. Tornou-se restaurante, logo rebatizado com o apelido do dono, mas numa versão em inglês – Dinho's Place –, toque inovador para a época.

A fama começou com um lance de marketing: o restaurante tinha a churrasqueira na parte da frente, separada da calçada apenas por uma vidraça, e o espetáculo era tentador para os passantes.

Fora e dentro, sucederam-se as inovações. Se a maioria das churrascarias da cidade ficava no centro, esta estava mais próxima da elegante avenida Paulista. Se o serviço em todas as outras era no espeto, aqui a carne era preparada na grelha e servida em porções, como numa steak house. E sobre toalhas de linho branco, não as quadriculadas que eram mais comuns nas churrascarias.

Fuad foi ao Rio Grande do Sul e viu servirem picanha. Passou a encomendar o corte aos açougueiros, apesar de eles habitualmente servirem a peça inteira de alcatra. Certa vez, num frigorífico, viu costelinhas de porco serem separadas para a salga (eram ingrediente para feijoada) e teve a ideia de encomendá-las sem sal, para churrasquear. Foi um sucesso com a clientela.

Depois veio a carne de gado Santa Gertudis, que ele conheceu por acaso e logo se deu conta de ser superior à de Nelore que todos usavam. A Santa Gertrudis, é uma mistura de gado de origem indiana, como o Nelore, bem adaptado às condições climáticas do Brasil, com raças de origem europeia, cuja carne é muito mais nobre.

Apenas uma fazenda produzia então a Santa Gertrudis, e lá foi o Dinho para conseguir abastecer-se dela, coisa que também passou a alardear à clientela. Hoje, em seu cardápio, oferece igualmente carne originária da raça japonesa Wagyu.

Também conhecido pela feijoada – que, servida em bufê com as carnes separadas, foi outra novidade na época – e pelo bufê de frutos do mar, o Dinho's ainda mostra vigor. Continua sob a direção de Fuad, agora tendo ao lado o filho Paulo, e foi recentemente pioneiro em servir cortes de carne maturadas a seco (*dry-aged*), processo que passou a executar numa câmara no próprio restaurante em 2010.

Com a casa completando 60 anos em 2020, nada indica que a fonte de novidades se tenha esgotado.

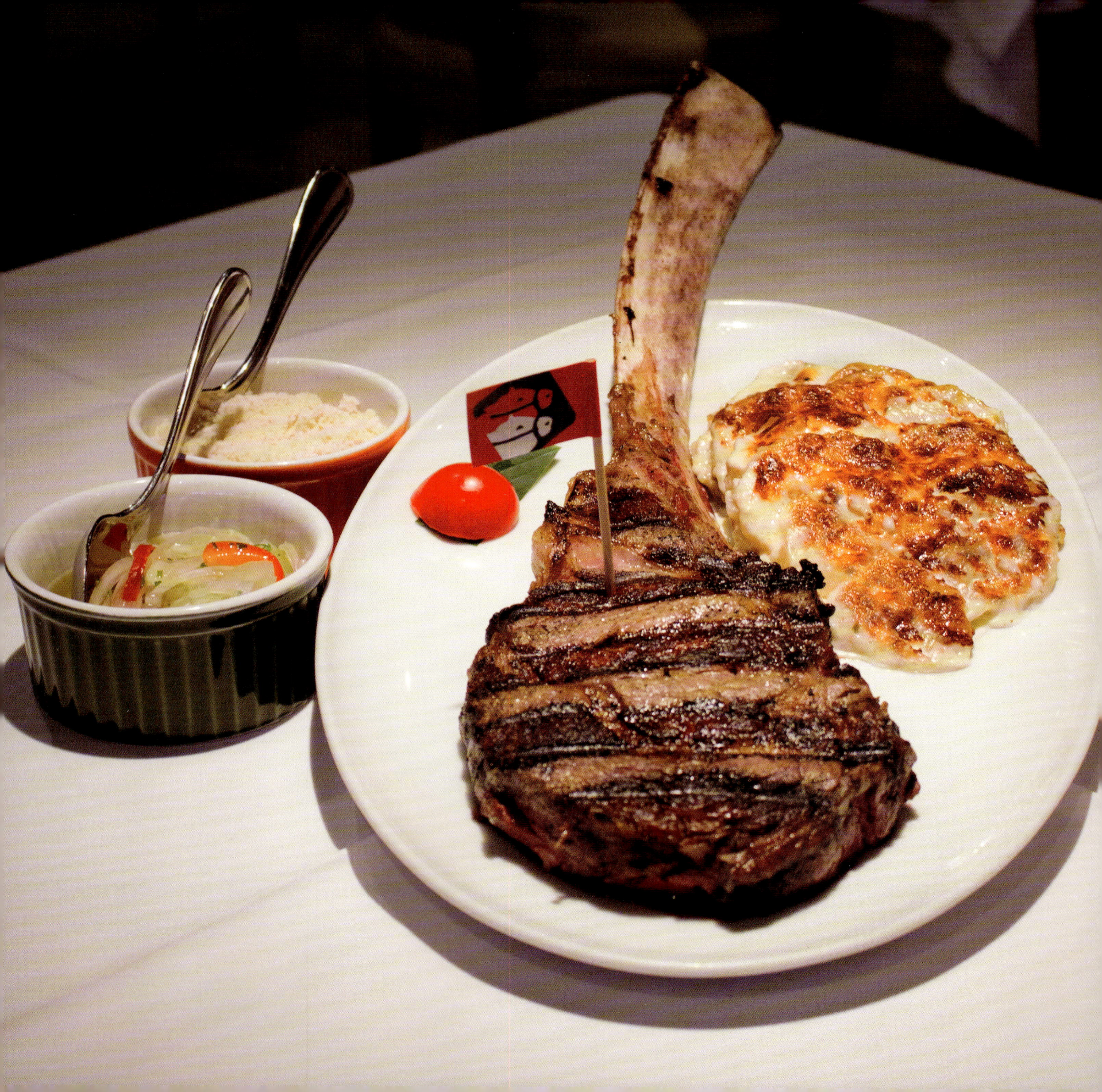

DINHO'S
RECEITA

BATATAS GRATINADAS

INGREDIENTES

1 colher (sopa) de manteiga
1 cebola média bem picada
1 litro de creme de leite fresco
1 ramo de tomilho
4 batatas médias em fatias de 1 cm de espessura
200 g de queijo parmesão ralado
sal, pimenta-do-reino e noz-moscada a gosto

MODO DE PREPARO

Numa panela, derreta a manteiga, junte a cebola e deixe fritar um pouco.
Acrescente o creme de leite, o tomilho e sal, pimenta e noz-moscada a gosto.
Adicione a batata e deixe cozinhar até ficar al dente.
Transfira para um refratário, polvilhe o queijo ralado e leve ao forno preaquecido a 220°C por 20 minutos para gratinar.

Na foto, as Batatas Gratinadas foram servidas com Prime Rib. A porção média do Prime Rib é de 750 g, apenas grelhado ao ponto com sal grosso.

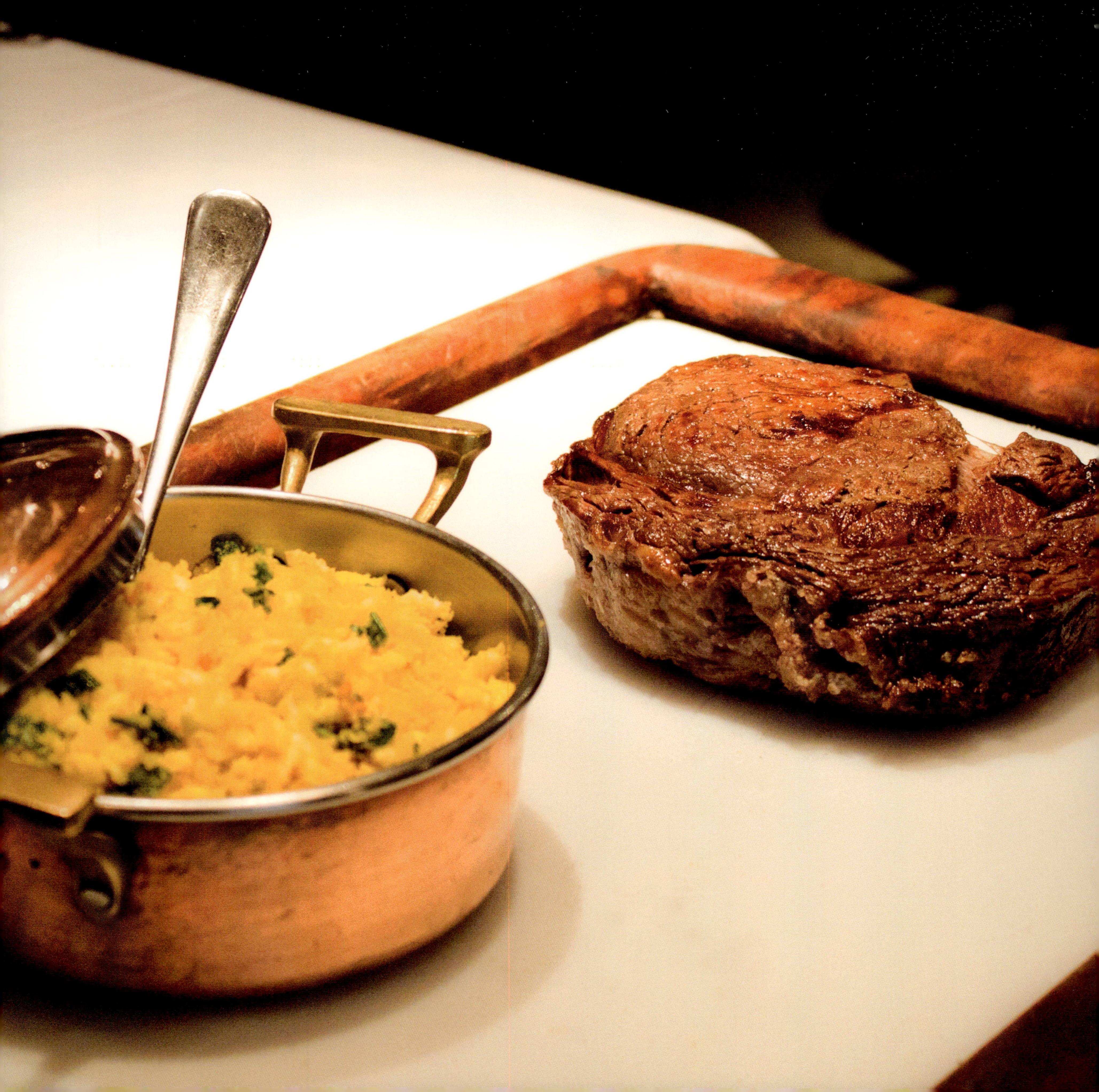

BARBACOA

BARBACOA

Nos idos de 1990, a fórmula da churrascaria-rodízio ainda era considerada uma alternativa mais popular: de preços baixos, normalmente encontrada em estradas ou na periferia, e com serviço rápido, mas bastante simples, até precário, com os espetos correndo pelo salão.

Mas foi nesse mesmo ano – há praticamente três décadas – que nasceu a Barbacoa, em São Paulo, procurando reverter aquele conceito. A casa foi inaugurada num bairro rico, o Itaim-Bibi. A decoração era mais refinada, e as mesas tinham toalhas e guardanapos de pano. O logotipo foi criado pela artista e *food designer* Simone Mattar. A oferta de vinhos era inédita na quantidade e qualidade, e o atendimento ficava a cargo do sofisticado maître Ramon Mosquera Lopes, que ficara famoso na cidade atendendo à estrelada clientela da tradicional churrascaria Rodeio, nos Jardins.

À cabeça da operação estava Ademar do Carmo, com a retaguarda do enorme grupo empresarial que controla a maior rede de postos de estrada do país, a Graal, e possui participação em vários outros restaurantes, como a rede América e a choperia Pinguim. Carmo tinha experiência no ramo: gaúcho, já havia sido proprietário de uma churrascaria em São Paulo, antes de ter-se mudado para o Nordeste. Voltou quando surgiu a oportunidade de abrir um pioneiro rodízio no Itaim, onde as carnes seriam churrasqueadas não com a brasa perfumada do carvão, mas com pedras vulcânicas aquecidas por chamas de gás.

Essa diferença foi compensada pela qualidade das carnes garimpadas para a Barbacoa — o nome vem da língua do povo arawak, da América Central, encontrado por Cristóvão Colombo, e designa uma grelha de madeira que, apoiada sobre pedras, servia para fazer os assados daqueles índios.

A sofisticação do rodízio representada pela nova churrascaria rapidamente rendeu frutos a seus iniciadores. Em 1994, um grupo japonês abriu em seu país a primeira filial da Barbacoa – hoje são oito por lá. A unidade de Milão, inaugurada em 2010, está listada no guia Michelin da Itália. E no Brasil já são seis casas – três em São Paulo e uma em Salvador, Campinas e Brasília. Jeferson Finger, chef churrasqueiro do grupo, há 20 anos na Barbacoa, costuma ser encontrado dirigindo a operação na matriz, mas não raro organiza eventos da marca, inclusive a participação no circuito de feiras internacionais.

Uma curiosidade: com exceção da primeiríssima casa, todas as unidades em funcionamento no Brasil adotam o serviço à la carte; já no exterior, todas são rodízio, como até hoje a matriz do Itaim-Bibi, que iniciou toda a história.

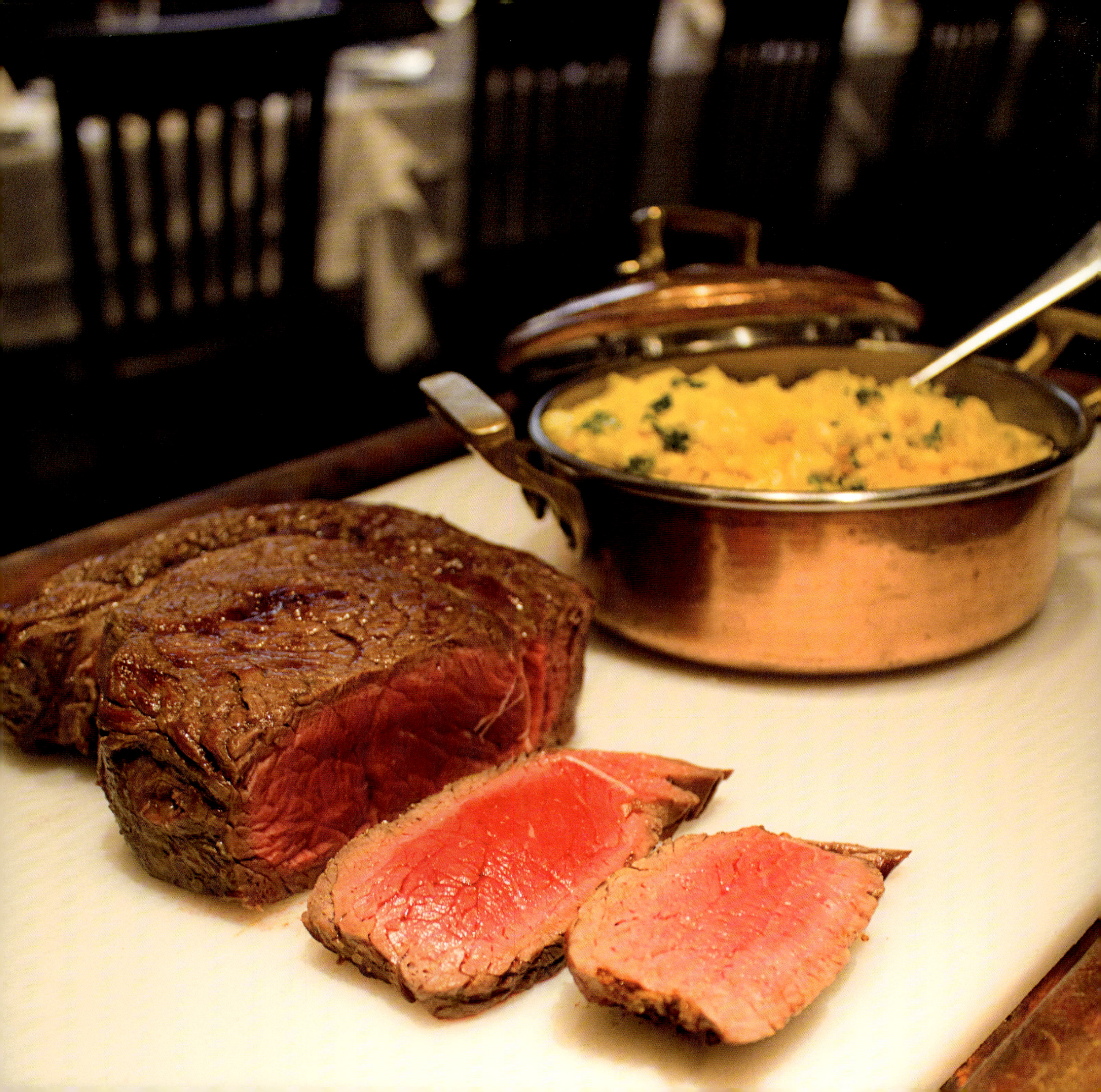

BARBACOA
RECEITAS

BIFE ANCHO

INGREDIENTES

4 peças de bife ancho de aproximadamente 300 g cada uma
sal grosso

MODO DE PREPARO

Tempere a carne com sal grosso e leve à grelha até atingir o ponto desejado.

FAROFA DE OVOS

INGREDIENTES

50 g de manteiga
50 g de cebola picada
200 g de linguiça toscana
6 ovos
200 g de farinha de milho
10 g de cebolinha verde picada
sal a gosto

MODO DE PREPARO

Numa frigideira, derreta a manteiga e frite a cebola e a linguiça.
Acrescente os ovos ligeiramente batidos e temperados com sal e mexa até que estejam cozidos, tomando cuidado para que não se ressequem.
Misture a farinha de milho, acerte o sal e finalize com a cebolinha.

RENDIMENTO 4 porções
TEMPO DE PREPARO 15 minutos
NÍVEL DE DIFICULDADE Fácil

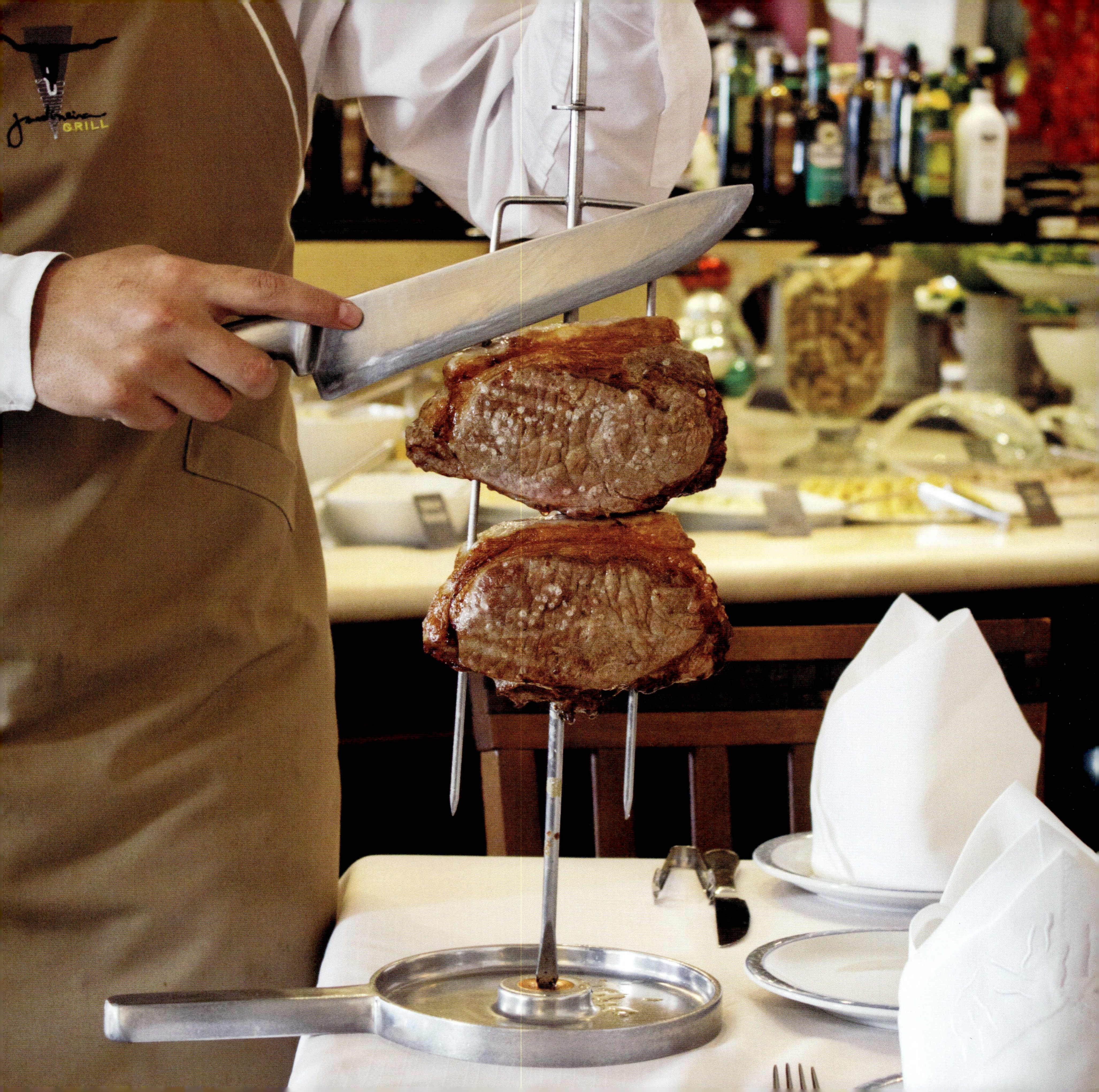
GRILL

JARDINEIRA

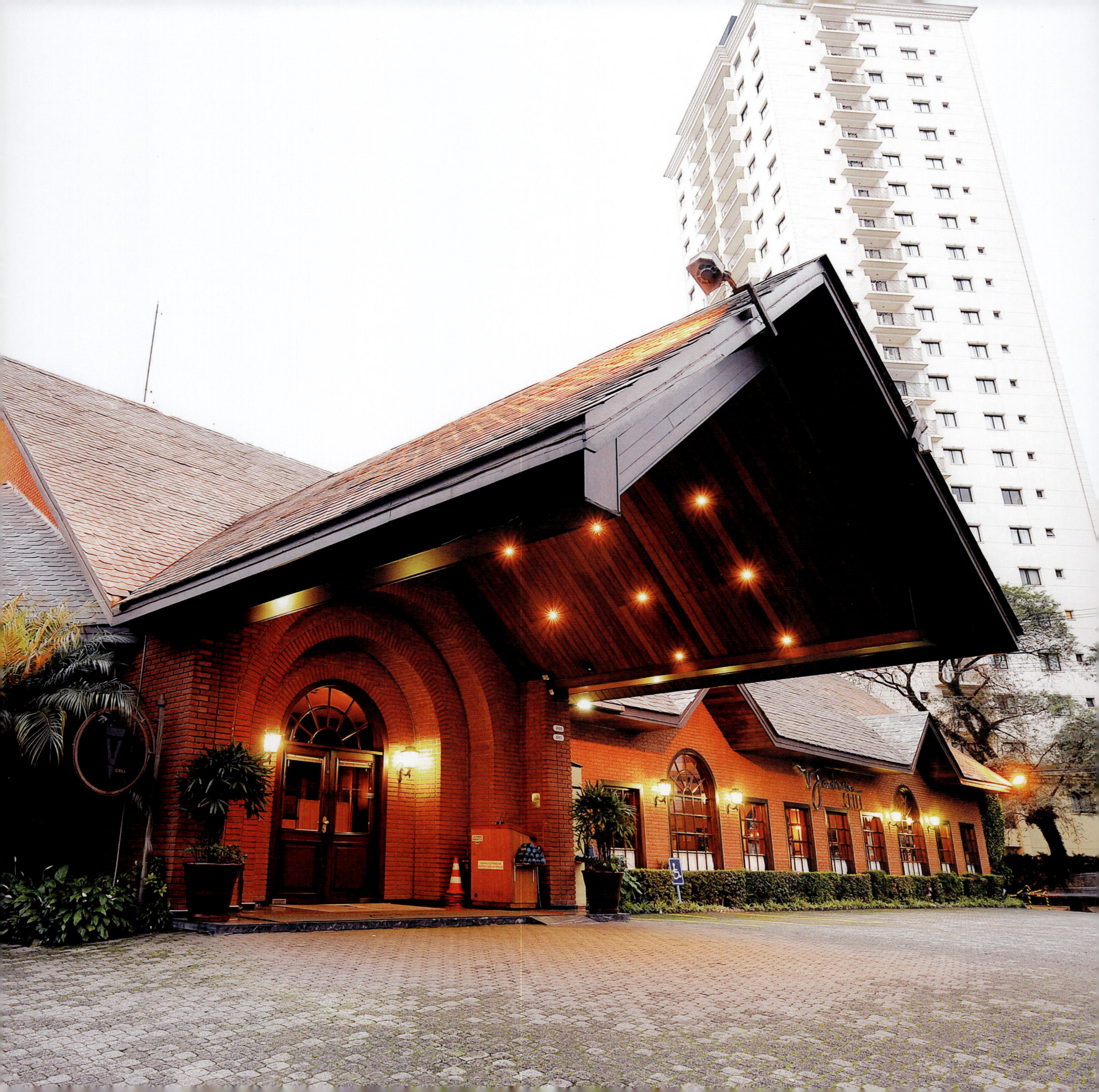

Até meados dos anos 1980, a movimentada avenida dos Bandeirantes, na Zona Sul de São Paulo, tinha uma loja que era quase atração turística: a Jardineira Veículos, especializada em carros antigos, cujos lindos modelos ficavam à vista dos passantes.

Foi exatamente ali que, em 1995, ao decidir mudar de atividade, um dos donos da loja, Assadur Mekhitarian, instalou uma enorme churrascaria-rodízio. Para isso, contou com novos sócios, entre os quais o gaúcho Ademir Perin, que já era do ramo e que, mesmo com a posterior saída de Mekhitarian, está na operação até hoje.

Dado que o ponto era tão conhecido pelos famosos veículos que expunha, a churrascaria herdou seu nome – Jardineira Grill, que completa 25 anos mantendo as mesmas características, um rodízio na tradição gaúcha, mas com um diferencial que, à época, chamou muita atenção: o farto bufê de frutos do mar.

Como atesta o painel de fotografias instalado numa das paredes, o restaurante imediatamente atraiu uma infinidade de personalidades, de vários meios, encantadas não apenas com as carnes servidas, mas também com a oferta de lagosta, camarão-pistola no bafo, polvo, mariscos, lula, ovas e uma grande variedade de pescados, que compunham a vasta mesa de saladas.

Um quarto de século atrás, os tipos de grelhado eram menos variados do que hoje, quando a oferta conta com cortes como o bife de chorizo, a entrecôte, o fraldão e a costela premium.

De resto, o perfil inaugural da casa se manteve ao longo das décadas. Assim como no início, os frutos do mar — exceto a lagosta — e os pratos quentes oferecidos em bufê disputam a atenção dos clientes com as carnes argentinas, uruguaias e brasileiras preparadas da forma tradicional, no espeto sobre a brasa de carvão, e servidas continuamente às mesas.

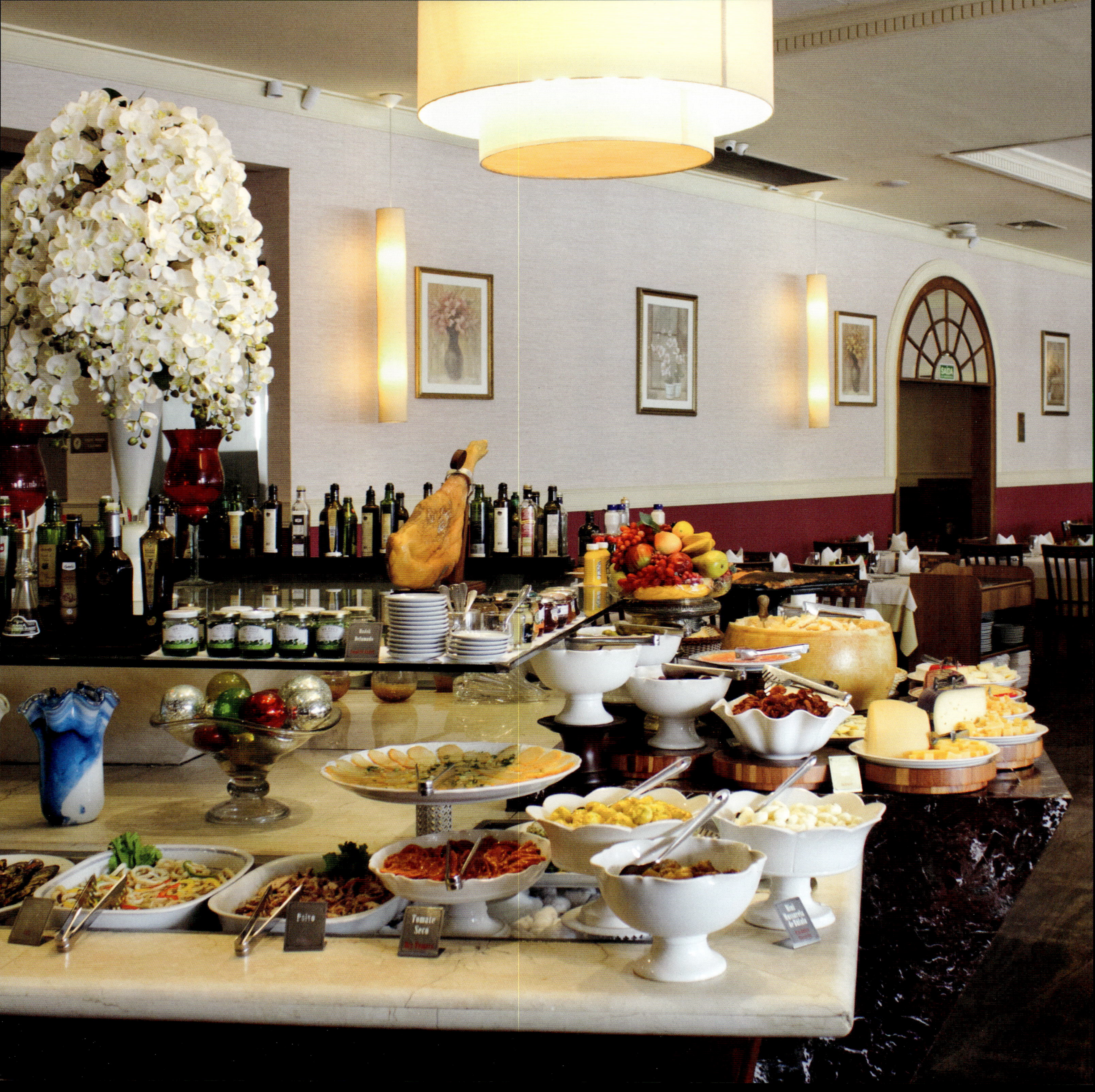
Peito
Tomate Seco

JARDINEIRA
RECEITA

SALADA DE CAMARÕES COM MANGA

INGREDIENTES

500 g de camarões grandes cozidos e picados
2 mangas grandes maduras
1 vidro de chutney de manga (200 g)
100 g de tâmaras cortadas ao meio
100 g de damascos cortados ao meio
1 cebola roxa picada
200 g de uva-passa
2 colheres (sopa) de ketchup (quanto mais cremoso quiser, mais ketchup adicionar)
1 colher (sopa) de mostarda
1 colher (sopa) de mel
1 pimenta dedo-de-moça picada, sem sementes
temperos a gosto (sal, Ajinomoto, Fondor, gergelim e/ou tempero completo)

MODO DE PREPARO

Num recipiente grande, adicione e misture todos os ingredientes, e a salada estará pronta

STEAK
Malbec Reserva
Single Vineyard ~ Old Vines
Mendoza - Argentina

NB STEAK

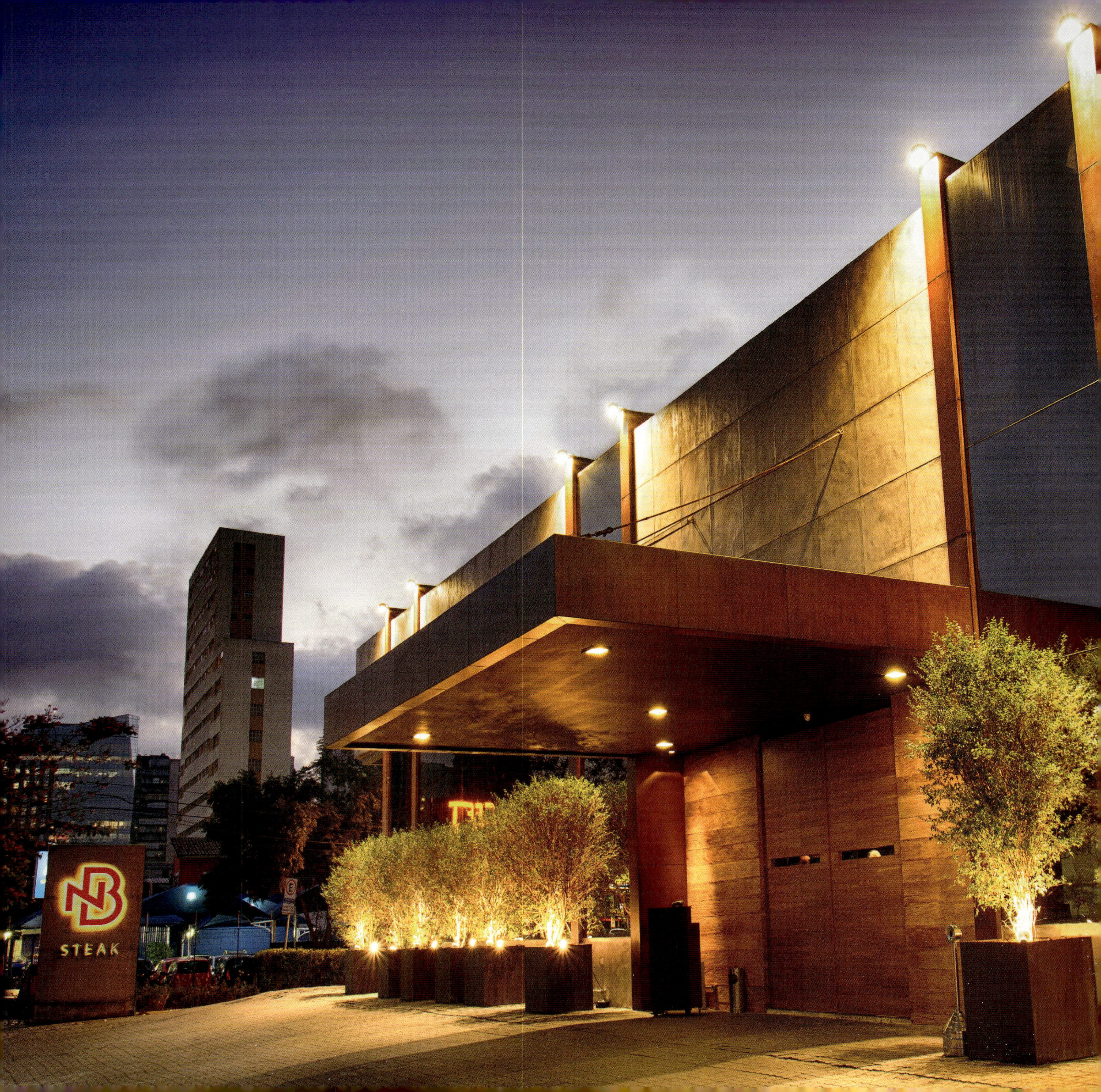
STEAK

O gaúcho Arri Coser tem uma história que se confunde com a do moderno rodízio brasileiro. No final dos anos 1970, com três sócios, comprou uma pequena churrascaria em Porto Alegre; em seguida, abriram filial em Caxias do Sul e, em 1986, aportaram em São Paulo, iniciando uma notável expansão, que levaria a rede a ter dezenas de casas nos Estados Unidos e virar cartão-postal do rodízio brasileiro no mundo.

Em 2011, a fantástica rede por eles criada foi vendida a um fundo de investimento. Mas nem por isso Arri sossegou "o facho". O churrasco ainda estava em suas veias, e Arri seguiu nessa vertente. Naquela altura, a irmã e o cunhado, Mairi e Lemir Magnani, tocavam em Porto Alegre as duas unidades de uma premiada churrascaria, a Na Brasa, fundada em 1990. Em 2013, Arri tornou-se sócio, e começou um movimento de expansão.

Antes de tudo, porém, a chegada de Arri implicou importante mudança no conceito da Na Brasa, que era um competente rodízio mas, na época, não se mostrava muito diferente de tantos outros que, já num perfil mais moderno, vinham se espalhando pelo país.

Mudando o nome da casa para NB Steak, a nova proposta viria no sentido de tornar o rodízio mais confortável, mais tranquilo, mais próximo de uma churrascaria à la carte – ou de uma steak house tradicional. Algo como um rodízio de nova geração, um rodízio gourmet. A ideia foi desconstruir tudo o que já haviam feito e construir tudo de novo.

Com isso, o serviço sofreu alterações radicais. O bufê de saladas deixou de existir: foi trocado por um cardápio de saladas, que são trazidas à mesa, já empratadas, conforme a escolha do cliente. As carnes – apenas 12 cortes, uma oferta menor do que as dezenas de opções dos rodízios tradicionais – são descritas num cardápio que fica sobre a mesa; dessa forma, o cliente pode escolher previamente o que deseja comer, e somente os cortes eleitos serão trazidos ao longo da refeição. E eles chegam em travessas, sendo elegantemente fatiados no momento.

No NB apenas dois cortes (a fraldinha e a picanha cortada em gomos) são preparados no espeto. Os demais são apoiados na grelha, inclusive o que recebe o nome da casa, o Steak NB – um corte de dianteiro que, retirado do miolo da paleta, tem maciez surpreendente. Com exceção do cordeiro, todas as carnes são brasileiras.

Acompanhamentos – como pupunha assado e mix de cogumelos, além dos mais tradicionais, como mandioca, polenta e farofa – são também trazidos à mesa, assim como as sobremesas.

No final, sem bufê de saladas e com menos cortes, o serviço fica mais focado, a agitação de gente circulando (clientes e garçons) é menor, e o resultado é um ambiente mais tranquilo, em que é possível provar várias carnes, como num rodízio, mas com um jeitão de steak house com menu-degustação. É uma inovação que vem trazendo os frutos esperados: hoje o restaurante já é rede, com oito unidades, cinco das quais em São Paulo. E contando.

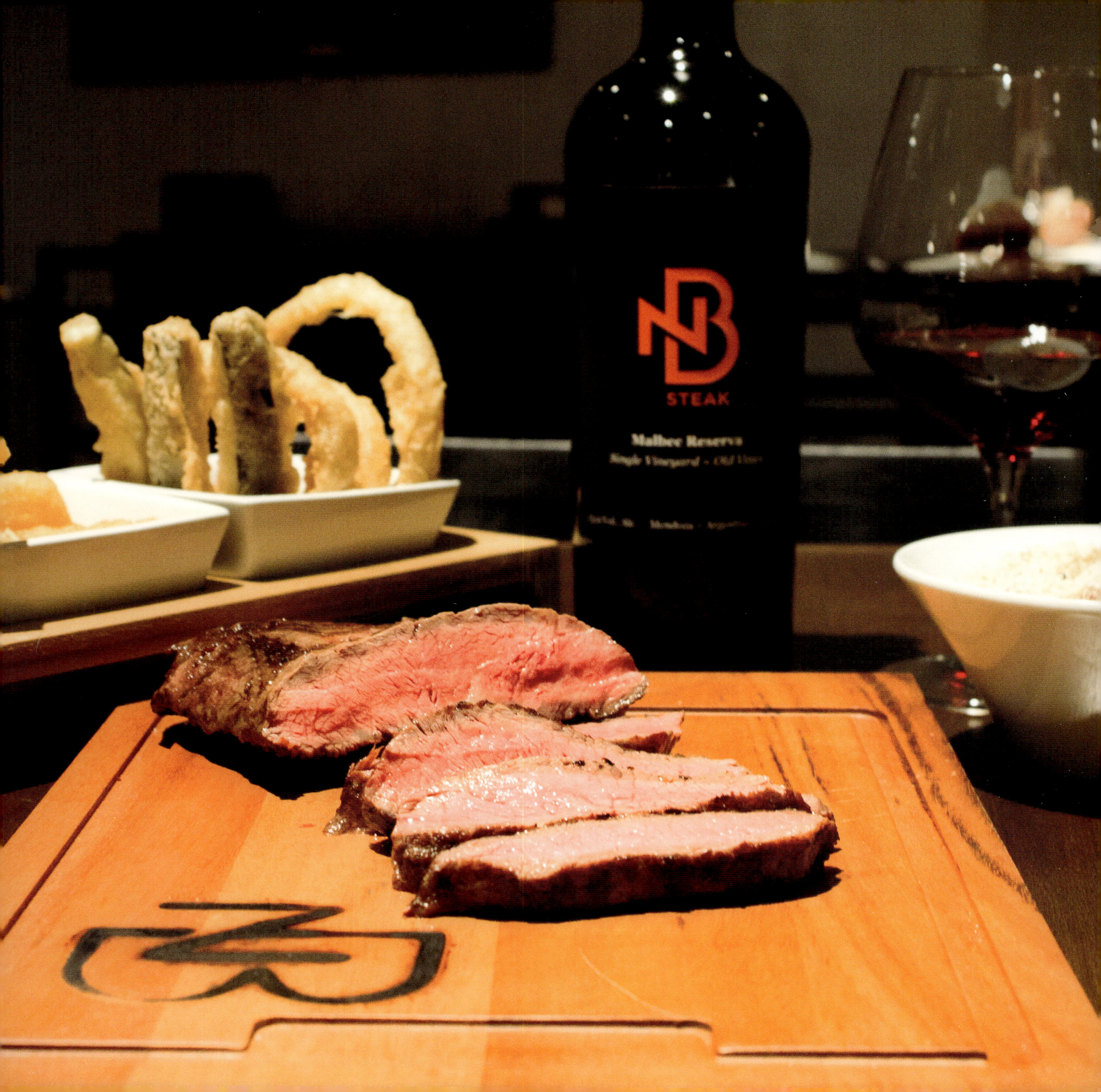
STEAK
Malbec Reserva
Single Vineyard - Old Vines

NB STEAK
RECEITA

STEAK NB

Trata-se de um corte procedente do dianteiro do boi, mais exatamente da paleta, sendo dotado de fibras mais finas, sabor delicado e maciez. Foi descoberto e lançado por Arri Coser. Também é conhecido por raquete. Visualmente, o Steak NB se assemelha ao filé-mignon, porque sua gordura se resume ao marmoreio entremeado. Grelhado e saboreado ao ponto, encanta uma legião de fãs. Bastante irrigado, como a fraldinha, é rico em ferro. Mesmo bem-passado, o Steak NB continua delicioso.

INGREDIENTES

1 peça de miolo de paleta de boi
sal grosso

MODO DE PREPARO

Aqueça a grelha à temperatura máxima e sele a carne por 10 minutos.
Depois afaste a carne um pouco da brasa, para que esquente por inteiro, vire o corte e deixe assar do outro lado por 5 minutos.
Sirva com arroz biro-biro.

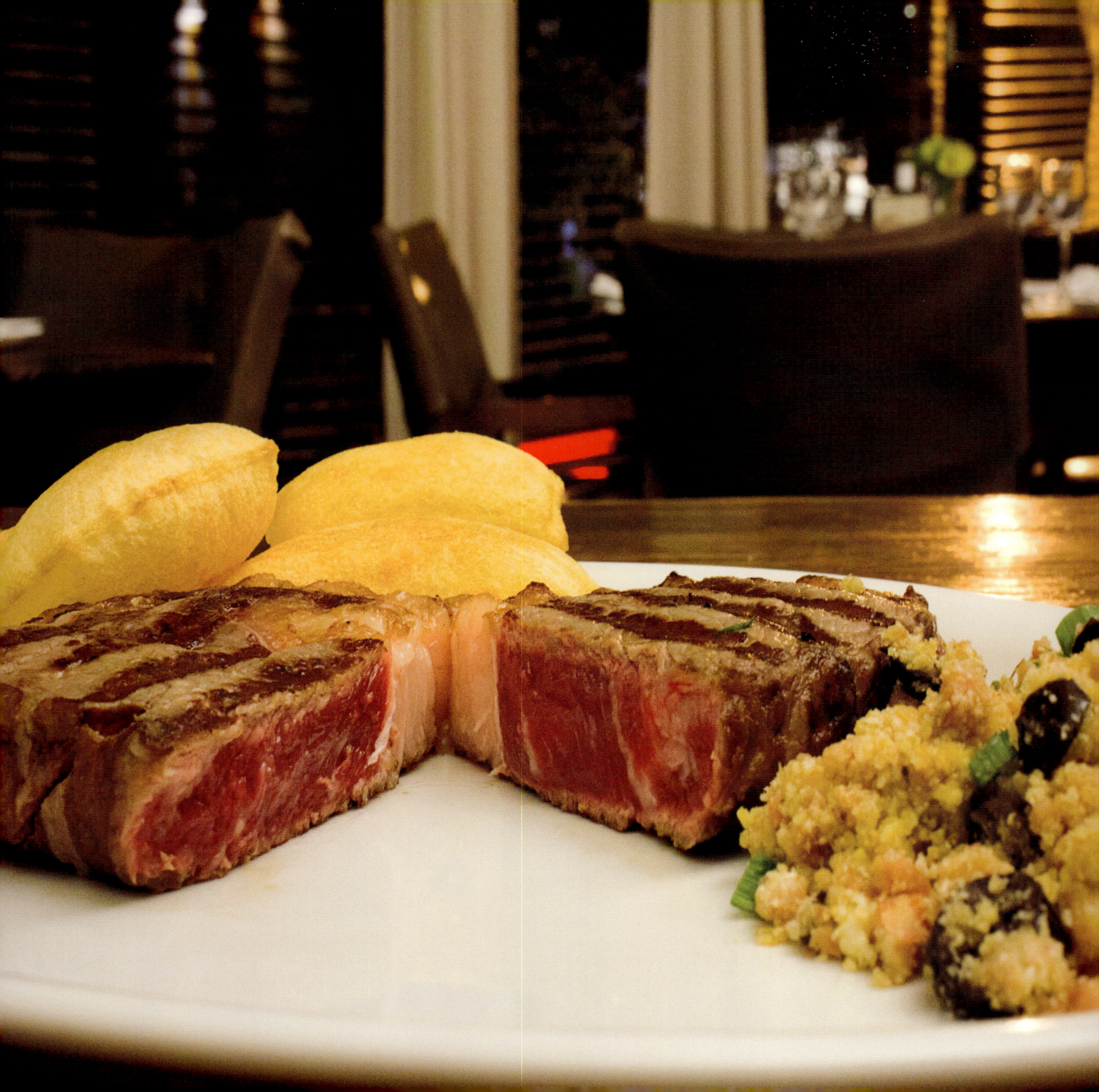

VARANDA

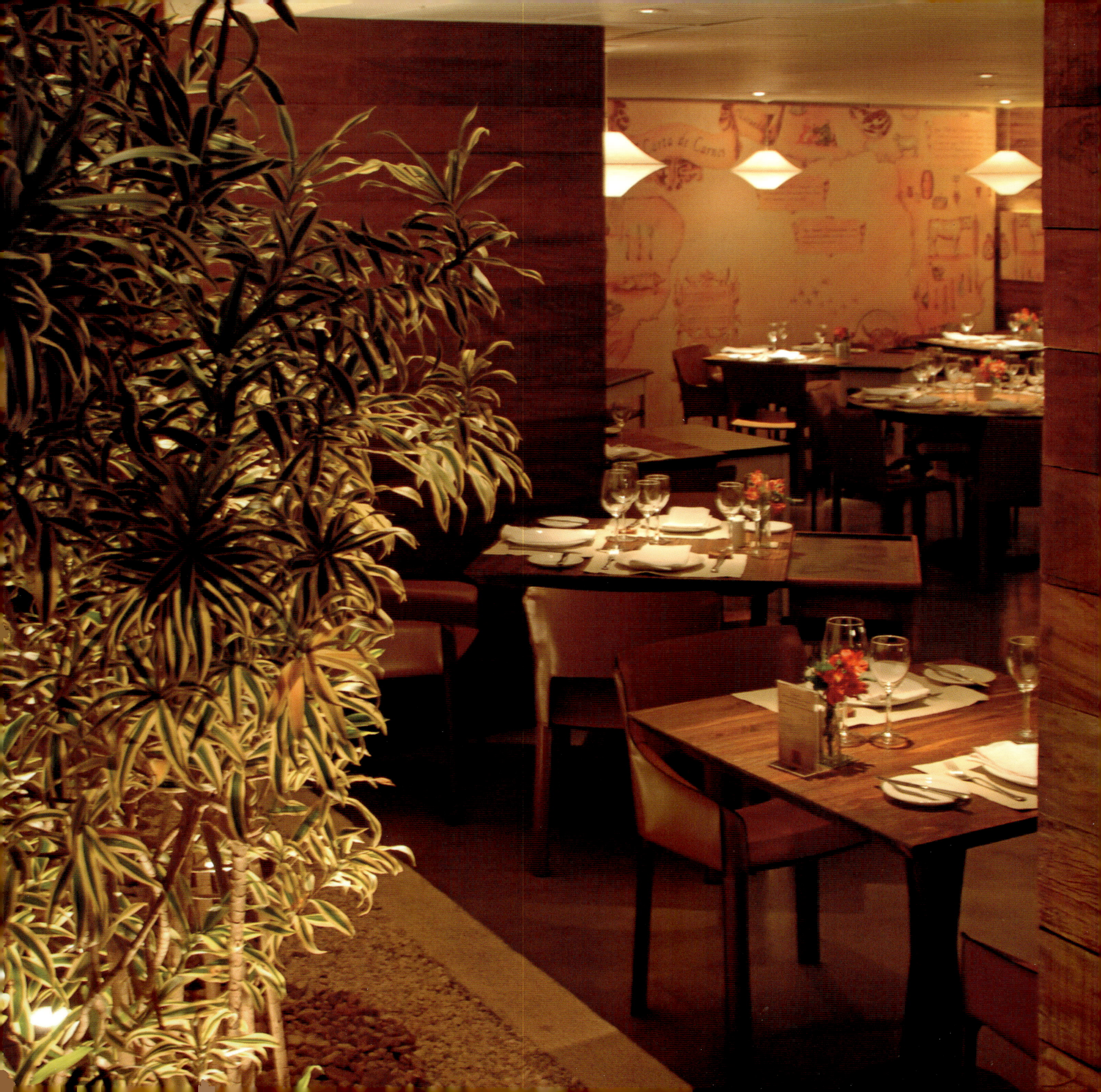

BOM CHURRASCO | VARANDA

Na década de 1990, a cidade de São Paulo já se esmerava na oferta de boas churrascarias, num momento em que rodízios mais modernos e sofisticados estavam ganhando espaço e em que casas com serviço à la carte disputavam uma clientela cada vez mais exigente. Foi nesse cenário que nasceu o Varanda Grill.

O restaurante foi decorrência da atividade anterior do proprietário, Sylvio Lazzarini, até então ocupado com a pecuária bovina. Especialista na área, Lazzarini, ao deixar o trabalho na área rural, resolveu fundar o restaurante para servir carnes com o alto padrão de qualidade que sua experiência permitia selecionar. O ano era 1996, e o local, embora menor, era o mesmo que ocupa até hoje, no Jardim Paulista.

Desde o nascimento, o Varanda é uma steak house clássica, uma casa que vende carnes porcionadas pedidas à la carte, preparadas sem espeto na grelha de carvão. Mas já nos primeiros anos começou a oferecer um diferencial: o cardápio contempla diferentes cortes de carne, de três vertentes nacionais, oriundos de países que prezam o churrasco.

Hoje oferece 36 variações de cortes, que podem ser no estilo brasileiro, no argentino ou no americano. Assim, o cliente, dependendo da preferência por qualquer desses estilos, pode escolher uma picanha, um bife ancho ou um rib-eye, por exemplo.

Focado na qualidade da carne que serve, Lazzarini também oferece, desde 2005, cortes da raça japonesa Wagyu, famosa pela intensa marmorização (a gordura entranhada nas fibras) e maciez. Até hoje o Varanda é um caso raro de restaurante que só serve cortes no estilo Kobe beef quando as carnes são certificadas —

ou seja, só usa carnes com as denominações da raça quando têm a certificação de autenticidade outorgada pela Associação Brasileira de Produtores de Wagyu.

Mas não é apenas carne. Sob o comando do chef Fábio Lazzarini, filho do fundador, a cozinha oferece um cardápio mais amplo, que contempla também extensa oferta de pratos de frutos do mar.

Depois de ter expandido fisicamente a matriz no Jardim Paulista e passado a contar com outros estabelecimentos de diferentes segmentos voltados para um serviço mais informal, o Varanda principal tem hoje duas filiais em São Paulo: no Shopping JK Iguatemi e no Edifício Plaza Faria Lima. Em todas as unidades, ressalta outra característica do Varanda: a bela oferta de vinhos, que de há muito é sua marca registrada.

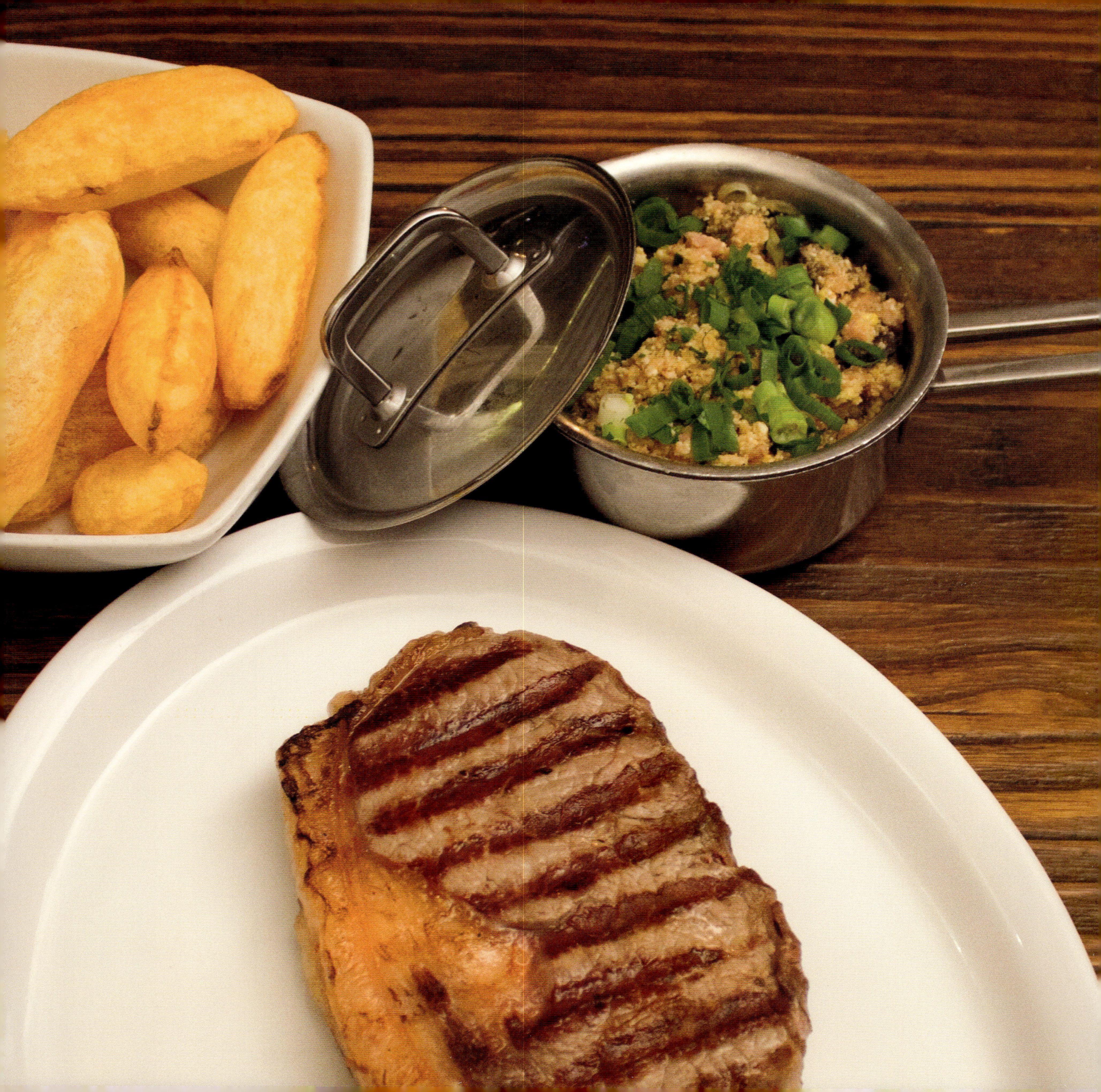

VARANDA
RECEITA

FAROFA VARANDA

INGREDIENTES

160 g de manteiga
100 g de linguiça assada e picada
1 cebola méda, fatiada
4 ovos
150 g de farofa temperada
uma pitada de salsinha e cebolinha picadas

MODO DE PREPARO

Numa frigideira, derreta a manteiga e, em seguida, acrescente a linguiça, a cebola e os ovos.
Mexa até os ovos começarem a fritar, quando então acrescente a farofa e torne a mexer até todos os ingredientes ficarem bem misturados.
Depois de pronto, salpique a salsinha e cebolinha. cebolinha picadas.

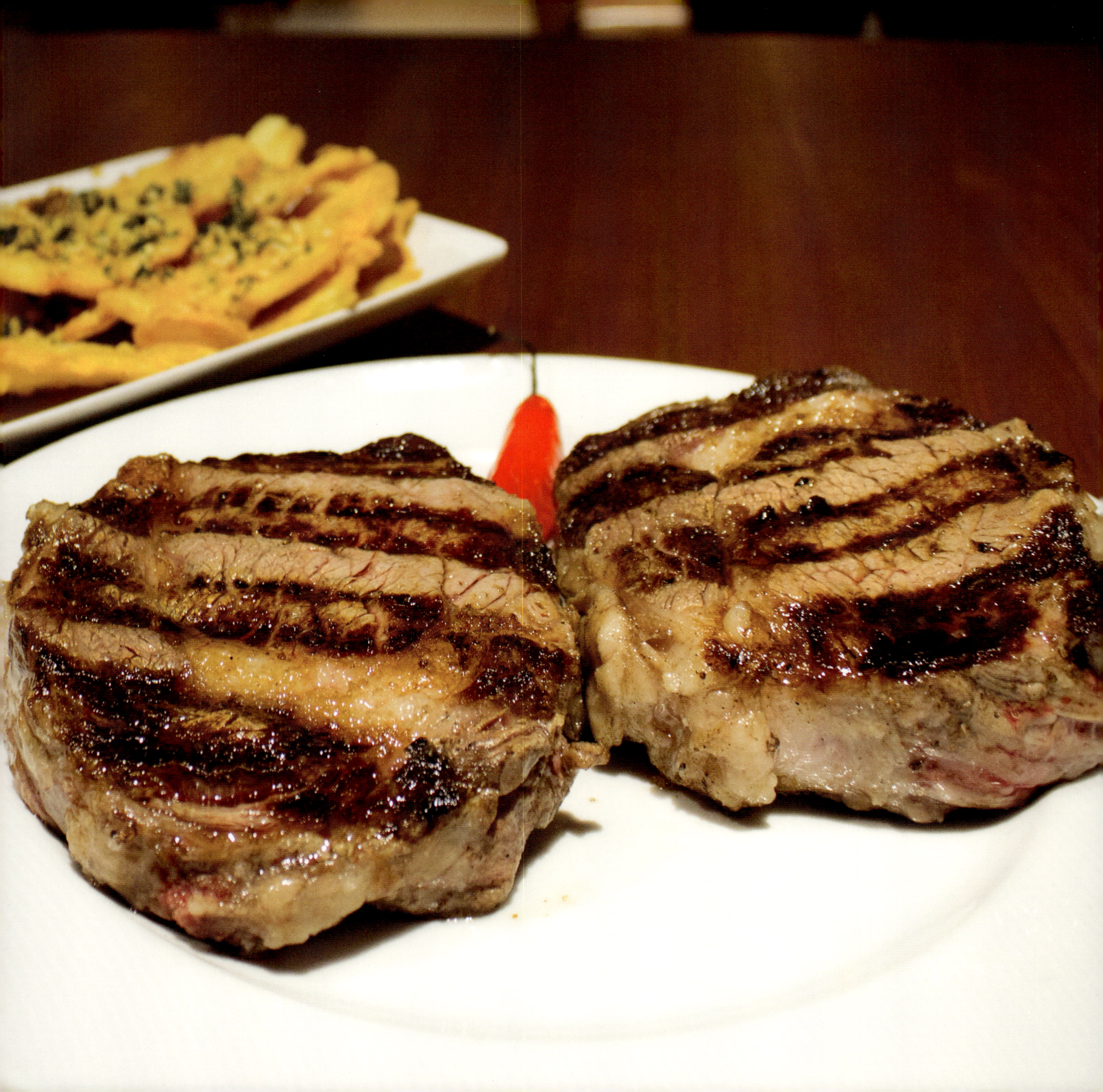

CORRIENTES 348

CORRIENTES 348

HORÁRIO DE FUNCIONAMENTO
Terça a Sexta das 12h às 15h30 e das 19h às 24h.
Sábado das 12h às 24h.
Domingos e Feriados das 12h às 18h.

Nos anos 1990, São Paulo já conhecia muitas boas churrascarias. Em sua maioria, fossem aquelas com serviço à la carte, fossem as de rodízio, estavam afiliadas principalmente à tradição brasileira, gaúcha, do churrasco.

Foi quando nasceu uma casa marcadamente fundada na tradição argentina. Não era a primeira nem a única, mas desde o início mostrou enorme fôlego: a Corrientes 348, aberta em março de 1997 pelo argentino Eduardo Santalla.

O imóvel encontrado pelo empresário para abrigar seu primeiro restaurante tinha algo de profético. Fica no número 348 da rua Miguel Calfat, no bairro da Vila Olímpia. Esse é o número do endereço fictício na avenida Corrientes, em Buenos Aires, imortalizado no popularíssimo tango "À media luz". A canção foi gravada por Carlos Gardel (e, no Brasil, por Nelson Gonçalves) e começa exatamente com as palavras "Corrientes 348…".

O nome do restaurante era inevitável e estava resolvido. Seu estilo também: servir carnes preparadas na parrilla – a churrasqueira com canaletas móveis inclinadas, de altura regulável, e sem o uso de espetos – e porcionadas em cortes ainda não tão populares no Brasil, mas indispensáveis na Argentina. Entre eles, o bife ancho, o bife de chorizo e o vacío. Além disso, entradas como empanadas, molleja (timo) e morcilla (chouriço de sangue) e sobremesas como a panqueca de doce de leite.

No movimentado e descontraído salão do restaurante, de cujos janelões se observava o movimento da rua, Santalla foi presença constante até falecer, em 2014. Naquele exato momento, estavam se desenrolando as tratativas da venda de parte da empresa para o empresário Jair Coser. O negócio foi concluído, e Jair assumiu juntamente com as sócias remanescentes, Mara Santalla (viúva do fundador) e Ana Maria Leis.

Na época, a Corrientes 348 mantinha-se no local original, mas contava também com mais quatro casas franqueadas. Com a nova administração, mudou o modelo de negócios, rumo à extinção das franquias e a manutenção e abertura somente de casas próprias.

Hoje a rede já totaliza seis unidades (três em São Paulo, duas no Rio de Janeiro e uma nos Estados Unidos). Em todas, busca-se um mesmo formato. No prato, a estrela são os cortes trazidos da Argentina e do Uruguai e retirados principalmente de gado de raças europeias. Na ambientação, que foi modernizada inclusive na matriz, mantém-se o mesmo espírito original – com a claridade, os tons amenos e, sobretudo, a descontração do serviço e do público que sempre imperou desde os tempos da primeira casa, no 348 da Miguel Calfat.

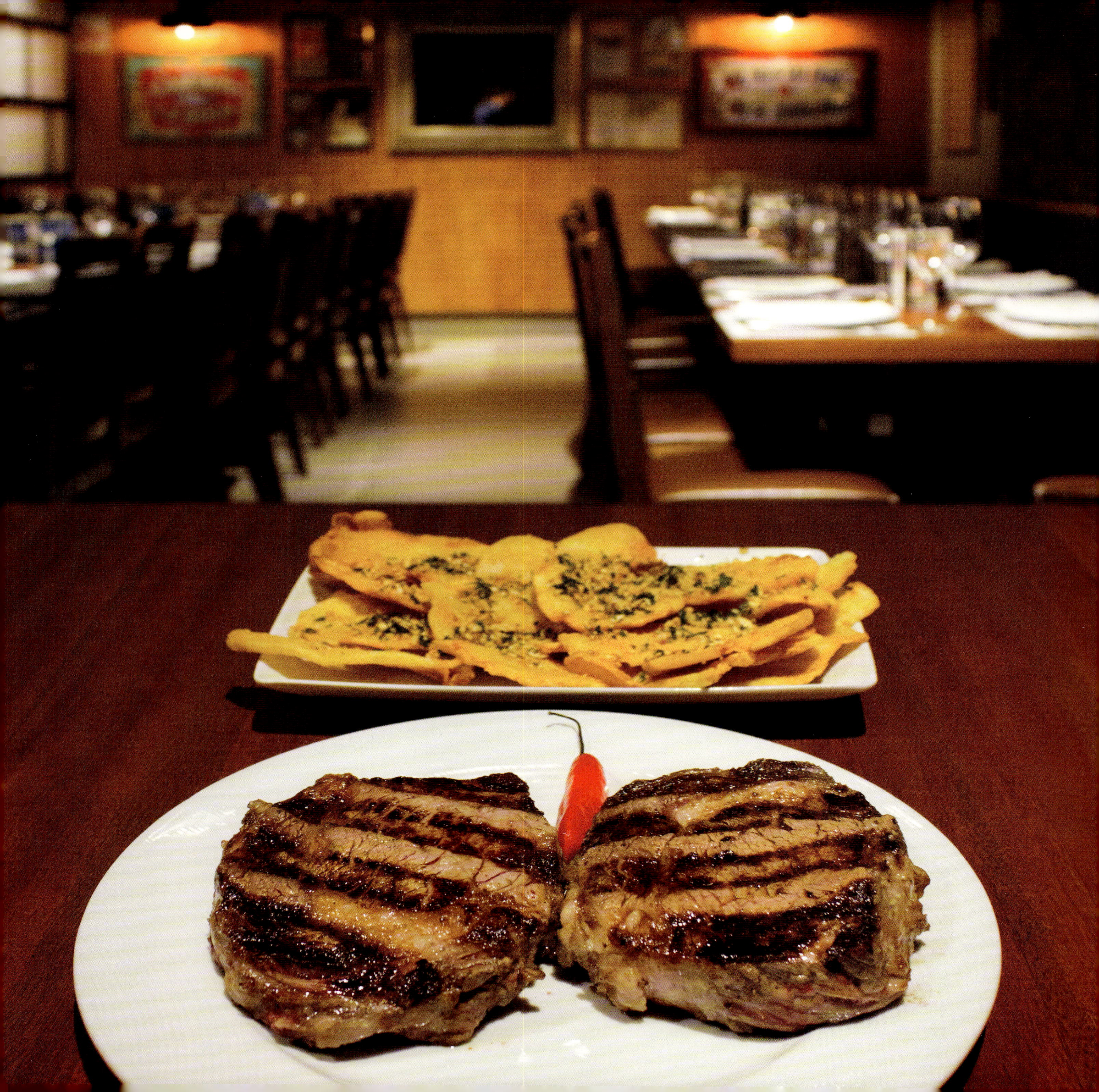

CORRIENTES 348
RECEITA

BATATA PAPATASSO

INGREDIENTES

gordura vegetal
batata em rodelas
orégano desidratado
sal a gosto

MODO DE PREPARO

Numa panela, aqueça a gordura e frite a batata por cerca de 5 minutos, ou até estar dourada e crocante. Retire com escumadeira e deixe secar sobre papel-toalha.
Salpique orégano e sal e sirva em seguida.

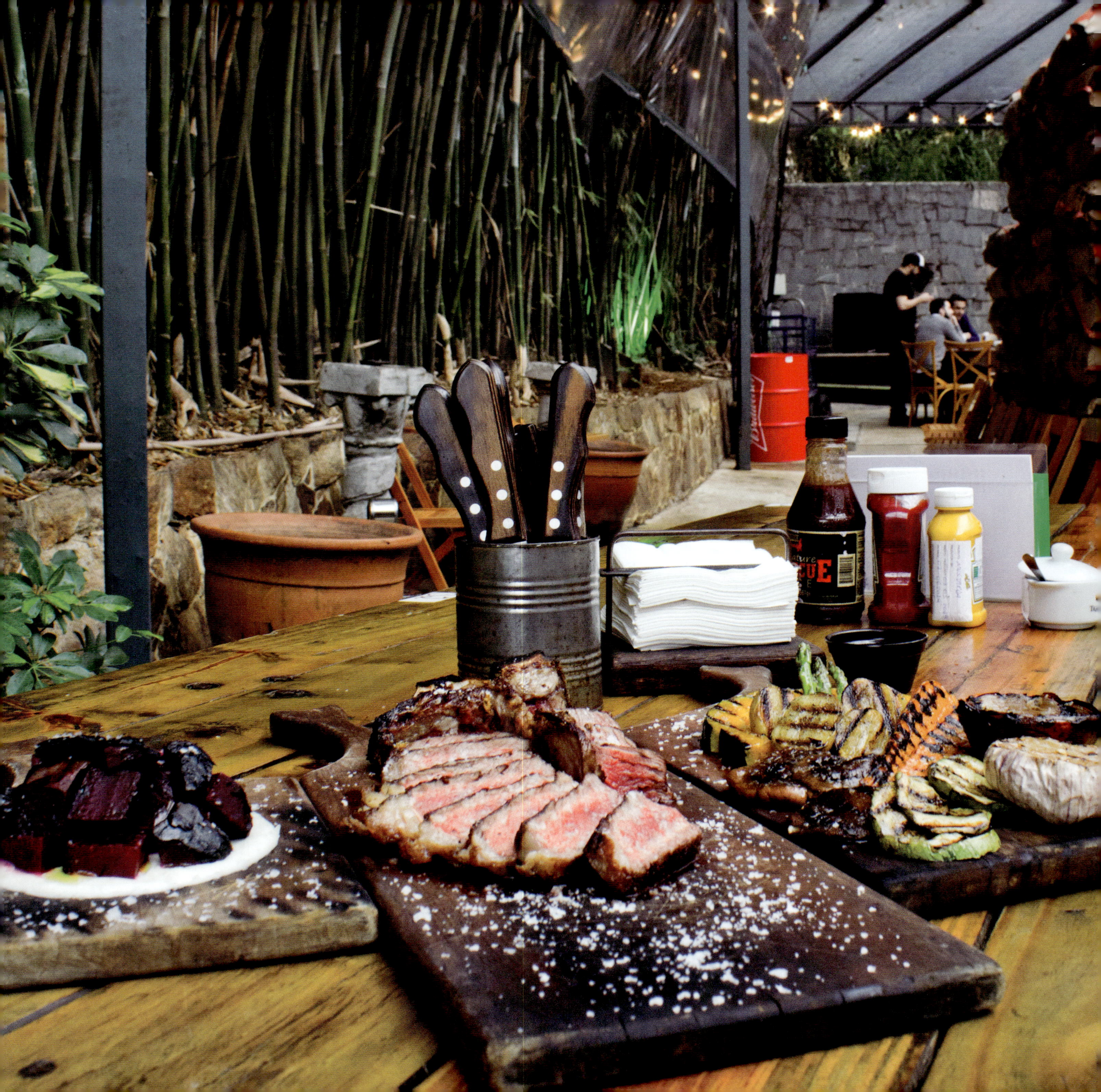

QUINTAL deBETTI

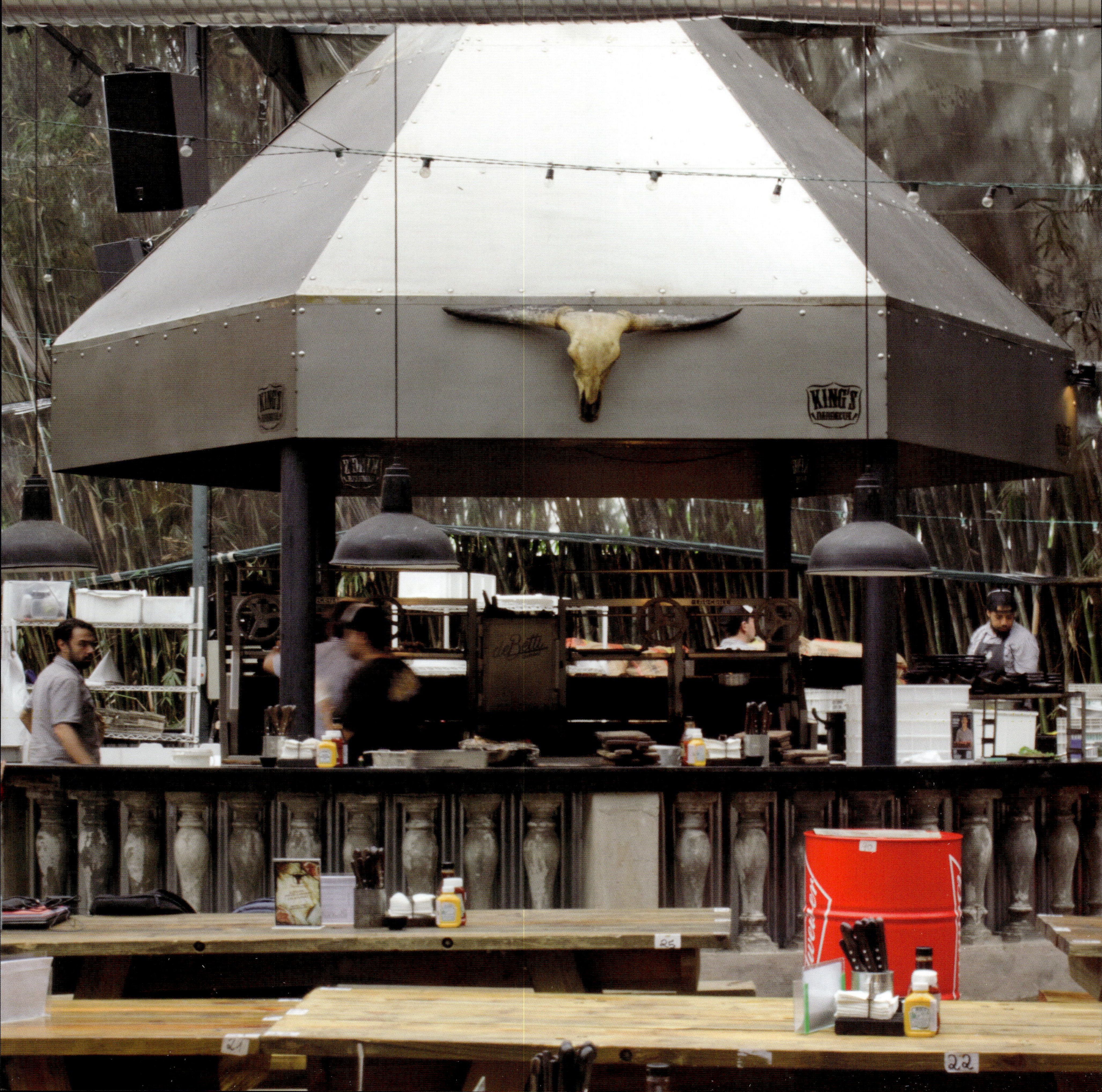
KING'S
25
21
22

Em meio à efervescência de churrascarias que vão surgindo à luz das grandes casas que já se tornaram clássicas em São Paulo, o segundo semestre de 2018 viu nascer um modelo diferente e original: a Quintal deBetti.

Entre suas características que chamam a atenção, está o fato de que, ao lado de carnes de grande qualidade minuciosamente escolhidas, há o contraste com um ambiente e um serviço em tudo informais. São mesas e bancos coletivos instalados num enorme quintal coberto, com a churrasqueira praticamente no meio. Também chama a atenção a maneira pela qual o lugar se tornou sucesso instantâneo, com filas intermináveis: tudo começou com a exposição espontânea no moderno fenômeno das redes sociais.

Claro que isso não saiu do nada. O mentor da churrascaria, Rogério Betti, cresceu dentro de açougues (o bisavô fundou a rede de carnes Flórida). Mas, ao fazer faculdade, enquanto a família se desfazia do negócio, ele passou a atuar no mercado financeiro, em que ficou por muitos anos.

Até que a velha paixão reaflorou. Há cerca de cinco anos, através de um perfil pessoal em redes sociais, Rogério começou a mostrar aos amigos seu hobby: contava como fazer churrasco e, ao mesmo tempo, relatava suas experiências caseiras com as técnicas de maturação a seco de carnes (o processo *dry-aging*).

A repercussão foi crescendo, e logo Rogério estava sendo chamado a dar cursos, vender as carnes que selecionava entre fornecedores conhecidos e maturava a seco e, claro, fazer churrascos para públicos cada vez maiores. Isso levou a eventos como a Churrascada, que hoje acontece em diferentes cidades, com milhares de participantes.

O início meio intuitivo, meio amador, terminou levando à criação de uma estrutura profissional numa loja online, que depois ganhou endereço físico também; e à abertura do restaurante, que parece uma grande festa coletiva, com filas de espera regadas a caipirinha, cerveja e tira-gostos.

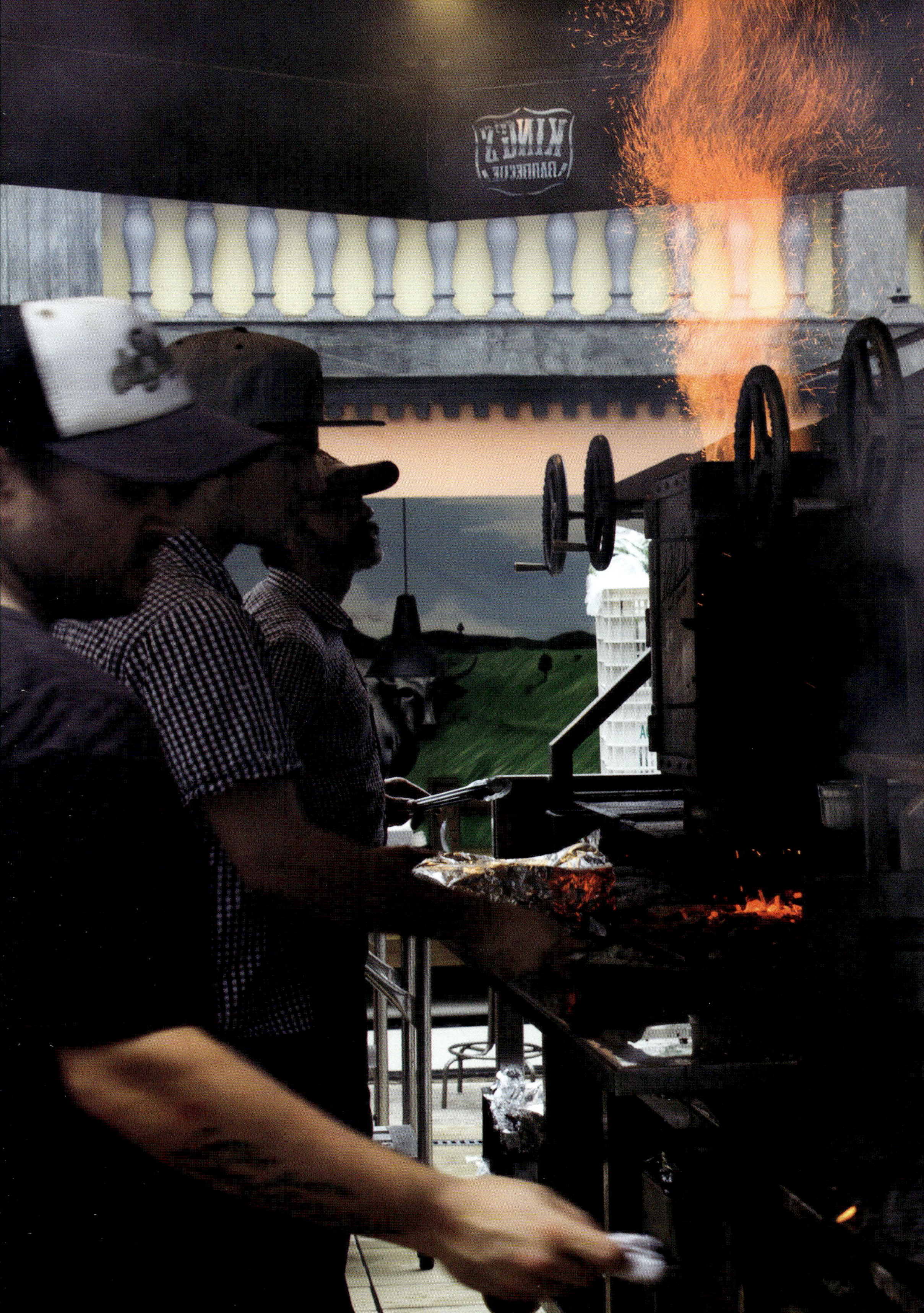

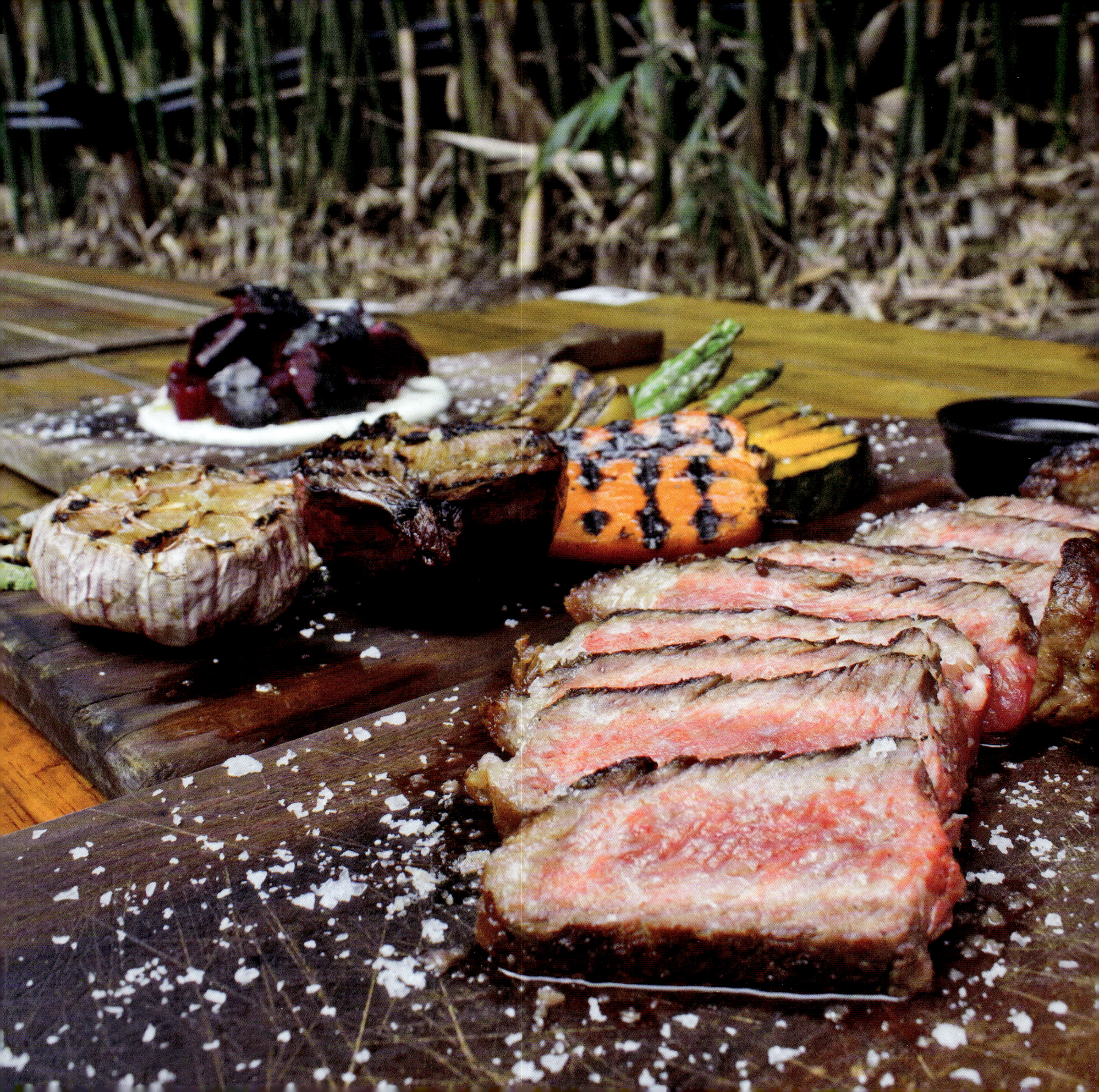

QUINTAL de BETTI
RECEITAS

BETERRABA

INGREDIENTES

2 beterrabas médias, com casca
azeite
flor de sal

MODO DE PREPARO

Numa panela, cozinhe as beterrabas em água por cerca de 1 hora e 30 minutos, ou até que estejam macias, e escorra.
Transfira as beterrabas inteiras e ainda com casca para uma grelha aquecida e deixe tostar ligeiramente.
Remova a casca, corte a polpa em cubos, misture ao creme de limão e finalize com azeite e flor de sal.

CREME DE LIMÃO

INGREDIENTES

2 colheres (sopa) de cream cheese
300 ml de creme de leite fresco
4 colheres (sopa) de suco de limão-taiti
4 colheres (sopa) de suco de limão-cravo
sal e pimenta-do-reino a gosto

MODO DE PREPARO

Coloque o cream cheese numa tigela e mexa com colher até ficar numa consistência bem cremosa.
Adicione os demais ingredientes e misture até homogeneizar.

TÁBUA DE LEGUMES

INGREDIENTES

200 g de abóbora cabochão
1 cenoura
1 cebola
1 cabeça de alho
50 g de cogumelo shiitake
200 g de aspargo fresco
100 g de abobrinha
azeite de oliva
flor de sal

MODO DE PREPARO

Numa panela, cozinhe a abóbora e a cenoura em água até ficarem macias.
Embrulhe a cebola e o alho em papel-alumínio e leve ao forno preaquecido a 160°C por cerca de 1 hora, ou até que estejam macios.
Aqueça uma grelha e coloque o cogumelo, o aspargo e a abobrinha até que estejam macios.
Monte a tábua e finalize com azeite e flor de sal a gosto.

T-BONE

INGREDIENTES

1 peça de T-bone
sal de parrilla
pimenta-do-reino
flor de sal

MODO DE PREPARO

Polvilhe a carne com sal de parrilla e pimenta e leve-a à grelha aquecida por 3 a 5 minutos de cada lado, a depender da espessura.
Finalize com flor de sal e sirva em seguida.

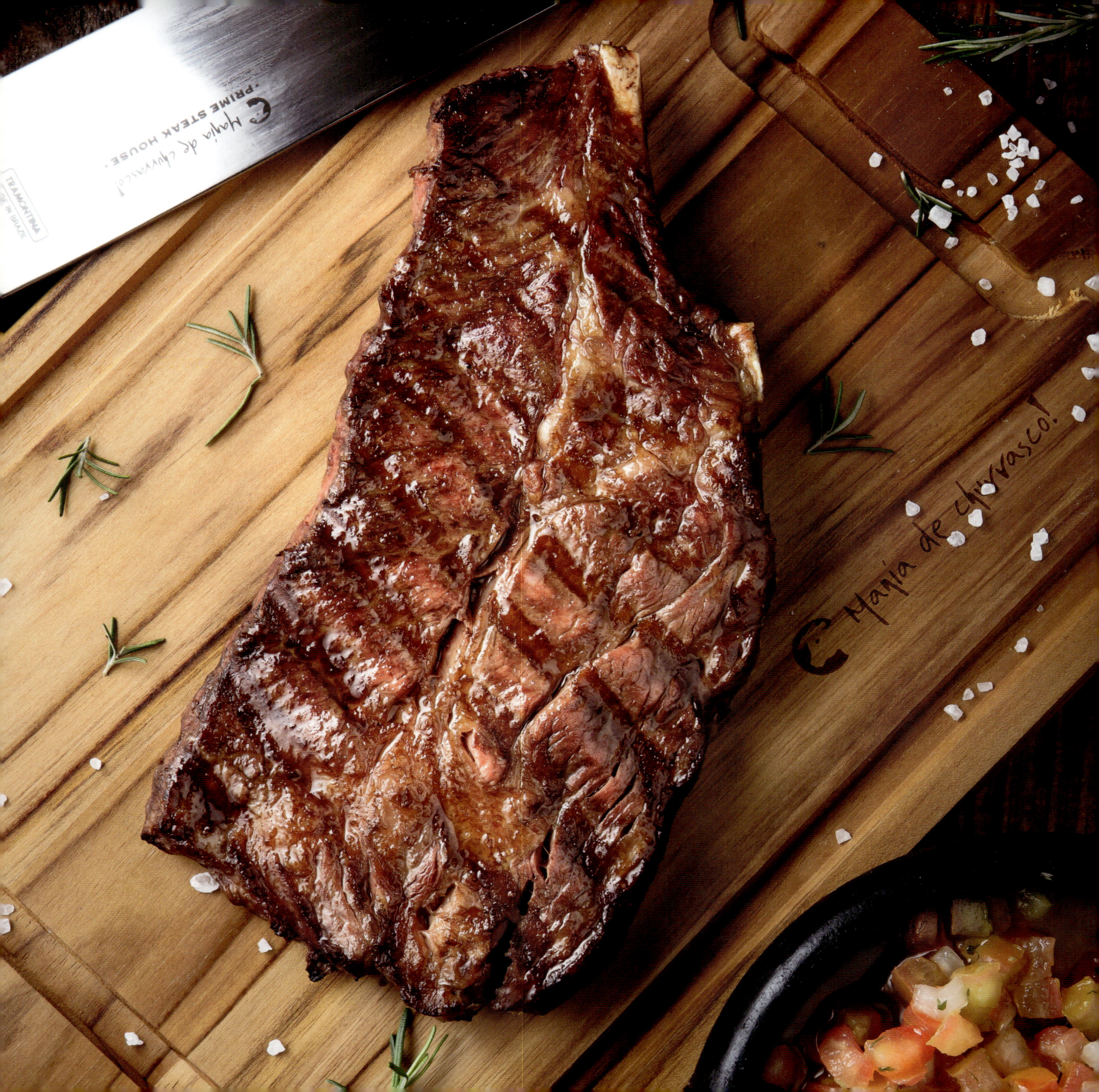
Mania de churrasco!

MANIA DE CHURRASCO!

STEAK HOUSE
Heineken

Mania de churrasco!
• PRIME STEAK HOUSE •

Quando fui convidado a escrever o texto deste livro, nunca tinha visitado as lojas do Mania de Churrasco!, até então existentes apenas em shopping centers. Imediatamente fui conhecer uma delas, da linha Buffet Express, onde as carnes são preparadas em churrasqueira a gás ao lado de um bufê de saladas e quentes, com um espaço próprio de mesas para os clientes.

Casa lotada, aproximei-me da moça que recebia as pessoas, e ela me disse: "Uma pessoa? Me passa seus óculos escuros". Como não era cliente habitual nem do shopping, nem do restaurante, não entendi o pedido – mesmo vendo que, de um grupo que se aproximava, ela requisitou o crachá funcional que pendia no pescoço de um rapaz.

Percebendo minha cara de espanto, ela me tranquilizou: "Está lotando rápido e fazendo fila no bufê; no almoço as pessoas têm pressa, então eu pego a chave do carro, o crachá, o que for, para colocar na mesa e deixá-la reservada, enquanto vocês podem ir direto se servir".

Coisa estranha. Não havia comandas com o número do cliente. Nem algum cartão para colocar na mesa. Havia simplesmente o que estivesse à mão. Achei bizarro – e sensacional! Absolutamente acolhedor, eficiente, criativo e brasileiro.

Não aceitei a gentileza da moça; preferi primeiro sentar à mesa, sem tanta pressa assim. Pedi uma caipirinha. E a lista de vinhos. Era provavelmente o único ser que estava bebendo álcool naquele horário turbulento de almoço.

É, o único – mas não é que me serviram ainda assim? A mesma moça chamou alguém, que não sei se era maître ou gerente e fiz questão de não saber (ele estava me tratando bem, como ela fizera, e isso bastava); e, no meio daquela multidão, ele voltou e trouxe uma abundante caipirinha. Trouxe também a modesta carta de vinhos, tentando explicar cada um; e depois um balde de gelo para gelar a garrafa, num excesso de zelo (mas é sempre bom sobrar do que faltar).

Seguindo uma lei momentânea que, contudo, deveria ser universal, aquilo que começara bem (com o adorável truque esperto da garota para reservar mesas) acabou igualmente bem. Um bufê sério com itens agradáveis; uma churrasqueira de qualidade que preparava no ponto cortes apetitosos e variados de carne; e assim, comendo vagarosamente, pude esperar que o vagalhão de vozes e movimento que era inevitável num ambiente como aquele fosse arrefecendo e a tarde fosse nos abraçando na lembrança das linguiças, dos steaks, do feijão roxinho que é marca da casa (trazido direto da mineira Fazenda da Saudade) e dos vapores já assimilados das bebidas tão gentilmente servidas.

Não foi muito diferente uma segunda experiência, agora numa Prime Steak House, a linha que compõe a grande maioria dos restaurantes da marca, instalados em praças de alimentação. Ao me aproximar do balcão, uma senhora extremamente solícita se adiantou trazendo cardápios, explicando o funcionamento da casa, já fazendo sugestões. Quem seria aquela funcionária tão amável? Logo descobri: era a dona da franquia. Ela não economizava sorrisos e gentileza enquanto atendia pessoalmente aos clientes que se aproximavam.

A única queixa que alguém poderia ter tido foi para mim motivo de alívio. A moça do caixa avisou que o pedido sairia em dez minutos – o que pode parecer uma espera longa no corrido horário de almoço. Para mim, foi ótimo sinal de que minha carne seria preparada na hora e no ponto que eu queria; pedi malpassada – que nem é o recomendado num esperto display que, com foto, ilustra o ponto da casa – e assim a recebi. Dez minutos não é nada, ainda mais tomando uma cerveja enquanto espero…

Nessas minhas duas primeiras experiências, tudo fez sentido com aquilo que seus dirigentes dizem dessa rede de casas e franquias que, hoje, tem mais de 80 pontos em shopping centers pelo país e acaba de se aventurar no primeiro restaurante de rua. A saber: eles lutam pela qualidade; querem um espírito colaborativo, de equipe; querem também oferecer preços competitivos para popularizar a mania da casa – o churrasco. Essa fórmula – muitas casas, preços acessíveis – tem limitações, mas nela não se arvoram em servir o melhor churrasco do mundo. Fazem questão, porém, de servir um bom churrasco. O curioso é que tal proposta, que vem crescendo vertiginosamente, nasceu sem grande planejamento.

Foi quando Alessandro Pereira, seu sócio Jarbas Gambogi e o sócio-investidor Walter Huese quiseram montar uma franquia no shopping Ibirapuera, em São Paulo, e a proposta foi recusada. Restou-lhes então inventar outro negócio. Churrascarias em shopping centers, se existiam, eram raríssimas. Alessandro resolveu criar uma que não repetisse o modelo em voga dos rodízios mas adotasse serviço expresso: o Mania de Churrasco!, decisão que se apoiava no fato de sua família ter pecuaristas que poderiam zelar pela qualidade das carnes que ofereceria.

Alessandro e Jarbas já eram sócios em outros negócios, somando juntos décadas de experiência em alimentação, e "importaram" da cidade gaúcha de Erval Seco alguém que dominava a arte, a alma e a determinação de churrasquear: Alceu da Silveira. E estava dada a largada. Desde então, com o crescimento da rede, Alceu se tornou um dos principais personagens desta história: atualmente é sócio da marca e lidera o time de churrasqueiros da rede.

O começo foi lento, mas confiante. A origem das carnes era grande preocupação, que se mantém até hoje. A rede só utiliza carnes de primeira qualidade, da raça Angus, certificadas pela Associação Brasileira de Angus e fornecidas pelos melhores frigoríficos. Da mesma forma, o feijão é fornecido diretamente pela Fazenda da Saudade, em Minas Gerais. Uma atitude visionária que, desde o primeiro momento, zelou pela integridade do produto desde o campo até a mesa.

Entre o primeiro e o segundo restaurante, um dos filhos de Jarbas, Filliphe Camelo, havia começado a aprender e trabalhar na empresa e, quase sem perceber, ia recebendo o bastão do pai. Seu irmão Thiago juntou-se ao grupo anos depois.

Se em alguns poucos pontos o Mania de Churrasco! ocupava espaços maiores com o serviço Buffet Express, desenvolveu-se com o tempo o formato mais compacto, do Mania de Churrasco! Prime Steak House, que é adequado para espaços pequenos nas praças de alimentação e estreou em 2012.

Quatro anos antes, quando já havia três restaurantes, o grupo ainda familiar tinha sido reforçado por Luis Yamanishi, que trazia experiência do mundo corporativo e passava a fazer parte da sociedade.

Com esse time, a empresa lançou o programa de franquias, que se alastrou rapidamente. Hoje são mais de 80 unidades em operação, na capital, Grande São Paulo e interior, além do Rio de Janeiro, Paraná, Minas Gerais (Belo Horizonte), Brasília e Goiás.

Em todas elas, o que encontra o cliente? Carne com origem europeia certificada da raça Angus, na forma de picanha, short rib, bife ancho e bife de chorizo, hambúrguer e vários outros cortes, feitos na churrasqueira no fogo forte e temperados apenas com sal grosso, somente após o pedido do cliente. Também filé de frango marinado, linguiça de pernil e ovo de galinhas caipiras, criadas soltas. Sem falar do feijão roxinho da Fazenda.

BOM CHURRASCO

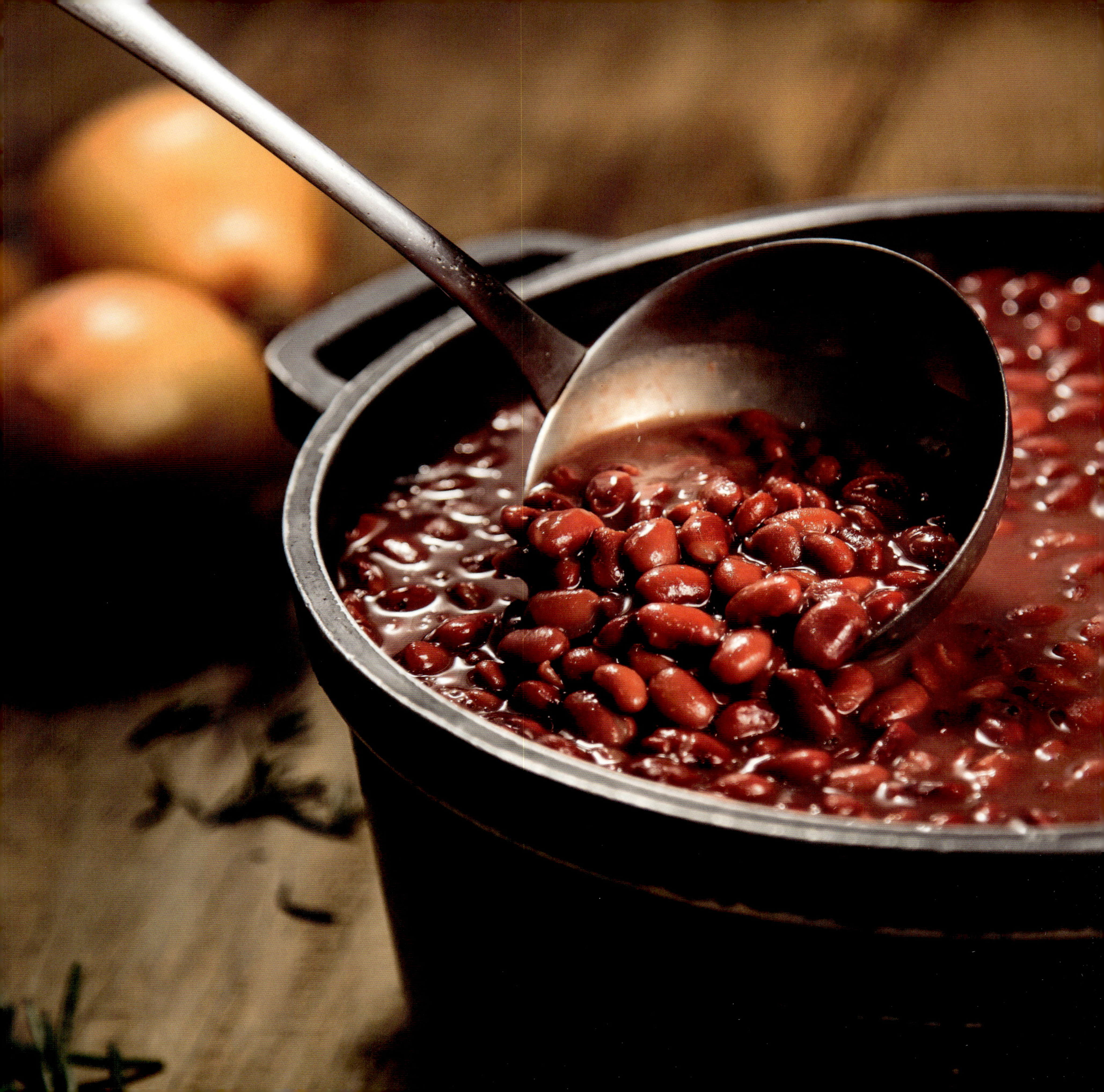

MANIA DE CHURRASCO!
RECEITAS

BIFE ANCHO

INGREDIENTES
4 peças de bife ancho de aproximadamente 250 g cada
Sal grosso
Prefira sempre carne com bom grau de marmoreio e garantia de procedencia e qualidade. A carne Angus é sempre a mais indicada!

MODO DE PREPARO
Com a brasa já sem labaredas mas bem incandescente, coloque o bife ancho sobre a grelha a uma altura aproximada de 30 a 40 cm da brasa.
Coloque sal grosso formando uma camada uniforme em toda a peça mas sem excesso.
Espere o sangue subir, vire o corte e salgue novamente a gosto. Espere novamente o sangue subir e aparecer na extremidade já selada. Bata o sal e retire para servir ao ponto.
Caso deseje o ponto bem passado, vire novamente e deixe mais um minuto de cada lado.
Retire e aguarde dois minutos antes de fatiar e servir.
"Bom churrasco!"

FEIJÃO MANIA

INGREDIENTES
500 g de feijão roxinho
2 folhas de louro
15 g de sal
120 g de bacon defumado
20 g de manteiga
10 g de alho (2 dentes)
30 g de cebola (1/2 cebola)

MODO DE PREPARO
Escolha os grãos do feijão e retire as impurezas.
Em panela de pressão, cozinhe o feijão com 2 litros de água, as folhas de louro e o sal por 30 minutos.
Numa frigideira, refogue o bacon na manteiga em fogo baixo, até dourar levemente e extrair toda a gordura.
Acrescente o alho e a cebola e deixe por mais 3 minutos.
Tire a pressão da panela de feijão antes de abri-la.
Adicione o refogado de bacon e temperos e deixe ferver, sem tampar, por mais uns 15 minutos (ou até dar o ponto do caldo).

Agradecimento especial

Alceu da Silveira
Alessandro Gonçalves Pereira
Alexandre Foiser
Alvaro Henrique
André Matsumoto
Andrea Lima de Moraes
Antônio Carlos Azzi Junior
Antonio Miranda
Brazil Airport / South Rock
Claudio Chetta Júnior
Cleber Binício
Daniel Mateus Pereira
Edicinio Santos
Edivan Gonçalves dos Santos
Eliane Kipper
Fabiano Angelini Lot
Fabio Motoca Eiji
Fátima Shimabukuro
Fernando José Jamel
Fernando Sunbale Valverde
Filliphe Camelo de Souza
Frank Eugen Davis
Hélio Bernardo e Alexandre Foizer
Hudson Lomeu Ramos
Janaína Peres
Jarbas José Gambogi de Souza
João Marcelo Lorenzetti Leme
Jonas Renan Frizzo
José Lauro Megale Neto
José Leandro Olivi Peres
José Manuel Gil Alvarez
José Peres Duran
Juliana Paffaro de Almeida
Laura Adelaida da Câmara Valverde
Luciana Kipper Buche
Lucy Souza
Luis Ricardo Yamanishi
Luiz Izzo Junior
Marcelo Amarante de Souza Carvalho
Marcelo Cordovil Moutinho dos Santos
Marcelo Gustavo Martins
Marcelo Gustavo Travain

Marcelo Rechi Pais
Marcilio Batista Rizzo
Marcio Ferreira dos Santos
Marcio Fregapani
Maria do Carmo Silveira Brotero
Maria Edna Pessoa Rego
Maria Fatima Olivi Peres
Maria Lúcia Tacconi Huese
Marielle de Lima Guimarães
Maurício Andrade Altieri
Moyses Perim Netto
Pérsio Shimabukuro
Priscila Peres Pereira
Priscilla Lima Camelo de Souza
Rafael Moscardi Moser
Rafael Rizzo
Rafael Torres de Lazari
Ricardo Alexandroni
Ricardo Martins Santos
Ricardo Sant Anna Saad
Ricardo Sant'ana Todeschini
Robert Anderson Sorban
Roberto Saad
Rodrigo Alexandroni Rego
Rodrigo Andrade Matheus
Rodrigo Oda Izumi
Rosani Finkestag da Silveira
Rubens Orantes da Silva
Salim Hadad Neto
Saulo Alex Miyaji
Tadeu Saad
Tatiana Faruolo
Thais Faruolo Kopanakis
Thiago Camelo de Souza
Valdecir Caxambu
Vanice Signori Vulcano
Victor Marinho
Victor Stefano Cardoso
Vitor Augusto de Souza Baptista
Walter Huese (em memória)
Wesley Ribeiro

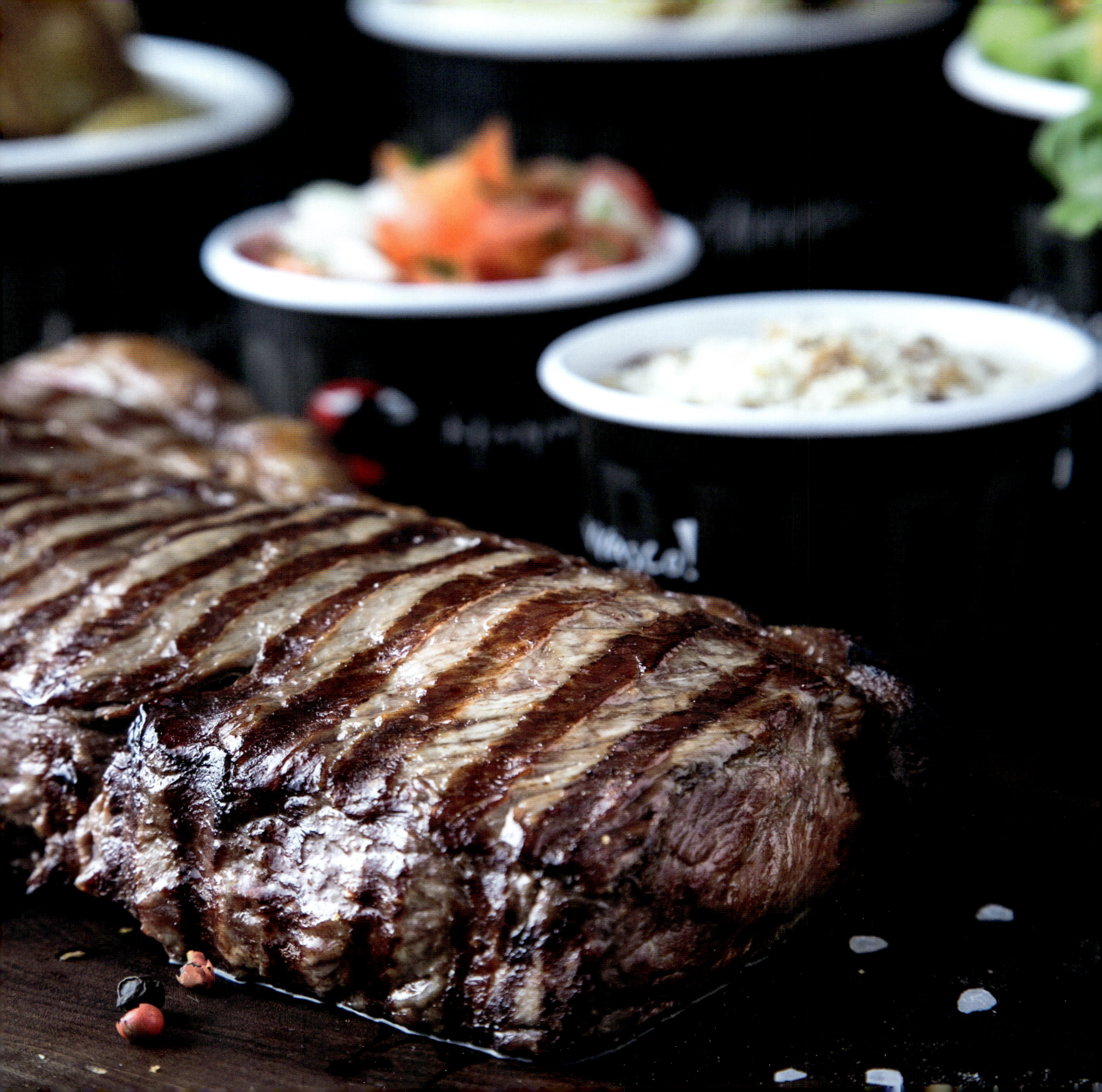

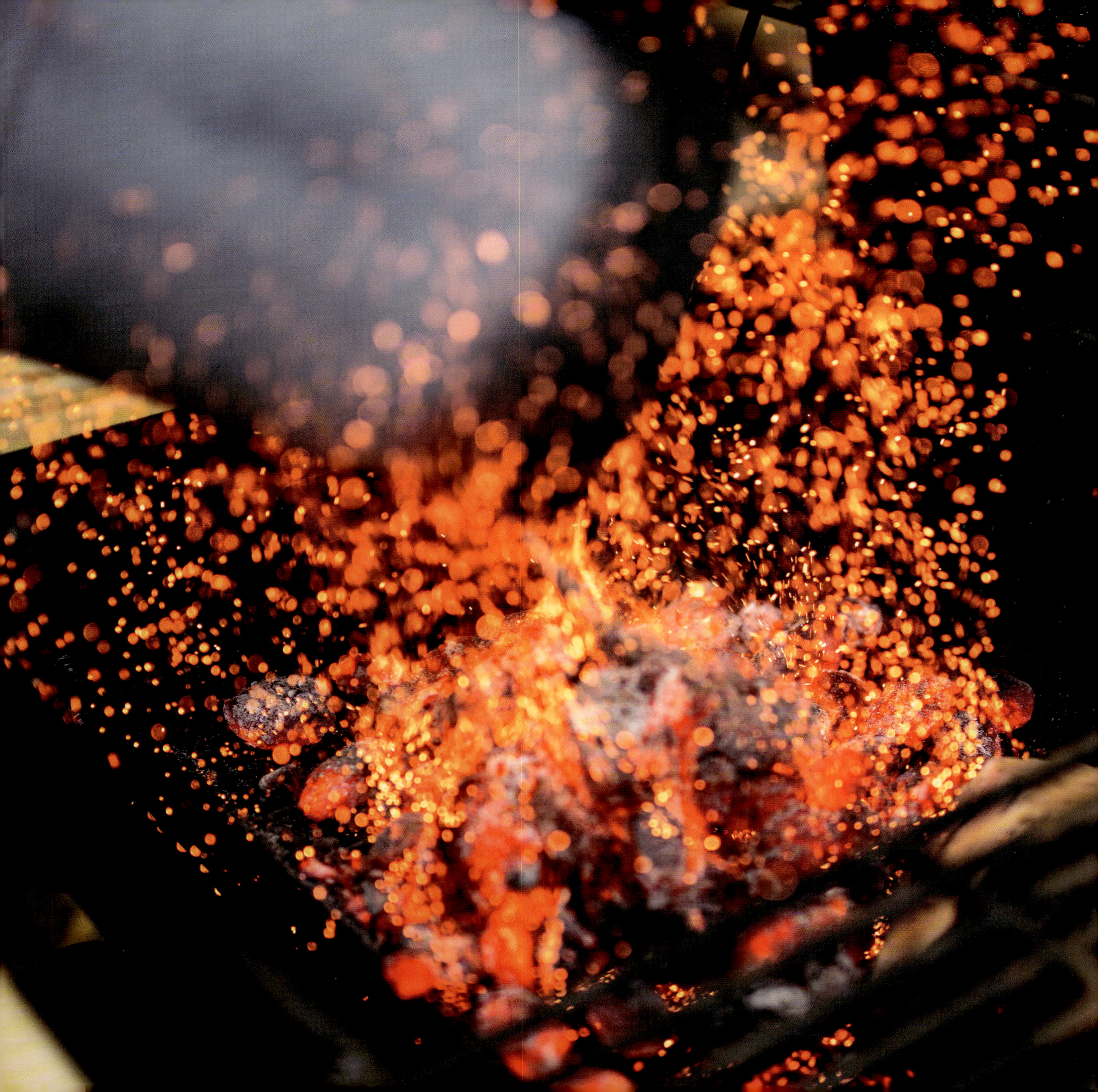

RODEIO desde 1958	**RUBAIYAT**	**TEMPLO DA CARNE** Marcos Bassi
FOGO DE CHÃO BRAZILIAN STEAKHOUSE	O CLÁSSICO DA GRELHA	**BARBACOA** CHURRASCARIA
jardineira GRILL	NB STEAK	VARANDA
CORRIENTES **348** ARGENTINIAN STEAKHOUSE	deBetti DRY AGED	Mania de Churrasco!

EDITOR
Alexandre Dórea Ribeiro

PESQUISA HISTÓRICA, ICONOGRÁFICA E ENTREVISTAS
Terezinha Melo

TEXTO
Josimar Melo

FOTOGRAFIAS E DIREÇÃO DE ARTE
Edgar Kendi Hayashida (Estúdio DBA)

ASSISTENTE DE DESIGN
Leticia Pestana (Estúdio DBA)

REVISÃO
Mário Vilela e Norma Marinheiro

IMPRESSÃO
Gráfica Santa Marta

Copyright © 2020 by DBA Editora

Reservados todos os direitos desta obra. Proibida toda e qualquer reprodução desta edição por qualquer meio ou forma, seja eletrônica ou mecânica, seja fotocópia, gravação ou qualquer meio de reprodução, sem permissão expressa do editor.

DADOS INTERNACIONAIS DE CATALOGAÇÃO NA PUBLICAÇÃO (CIP)
(CÂMARA BRASILEIRA DO LIVRO, SP, BRASIL)

Melo, Josimar
    Bom churrasco : churrascarias que fizeram e fazem história : São Paulo / Josimar Melo. -- São Paulo : DBA Editora, 2020.
    ISBN 978-85-7234-567-5
    1. Churrascarias - São Paulo (SP) - História
2. Churrasco - Culinária 3. Culinária (Receitas)
4. Gastronomia I. Título.
19-30185   CDD-647.95816

ÍNDICES PARA CATÁLOGO SISTEMÁTICO:
1. Churrascarias : São Paulo : Cidade : Gastronomia : História 647.958161
Cibele Maria Dias - Bibliotecária - CRB-8/9427

Impresso no Brasil

DBA
DBA Dórea Books and Art
al. Franca, 1185 cj. 31 • cep 01422-001
Cerqueira César • São Paulo • SP • Brasil
tel. (55 11) 3062 1643
dba@dbaeditora.com.br • www.dbaeditora.com.br

Agradecemos às pessoas que colaboraram com esta edição
RODEIO Silvia Macedo Levorin
RUBAIYAT Belarmino Fernandez Iglesias Filho
TEMPLO DA CARNE Tati Bassi
FOGO DE CHÃO Cássio Alexandre da Silva
DINHO'S Fuad Zegaib
BARBACOA CHURRASCARIA Jeferson Finger e Lucianne Carmo
JARDINEIRA GRILL Luis Carlos Ongaratto
NB STEAK Arri Coser
VARANDA GRILL Sylvio Lazzarini
CORRIENTES 348 Jair Coser
QUINTAL deBETTI Rogério Betti
MANIA DE CHURRASCO! Todo o time
ASSESSORIA DE IMPRENSA SCARAMELLA

rodeiosp.com.br
gruporubaiyat.com
templodacarne.com.br
fogodechao.com.br
dinhos.com.br
barbacoa.com.br
jardineiragrill.com.br
nbsteak.com.br
varandagrill.com.br
corrientes348.com.br
debetti.com.br
maniadechurrasco.com.br

Créditos Fotográficos

ACERVO BARBACOA p. 72-74
ACERVO CORRIENTES 348 p. 21, 104-107
ACERVO DINHO'S p. 65
ACERVO FOGO DE CHÃO p. 14, 54, 56-60
ACERVO JARDINEIRA p. 80
ACERVO MANIA DE CHURRASCO p. 4 (Mario Rodrigues), 8 (Mario Rodrigues), 26, 118 (Mario Rodrigues), 120 (Renato Carpinelli), 121a, 122 (Renato Carpinelli), 123a (Tadeu Brunelli), 124-126, 128 (Mario Rodrigues), 128-129 (Mario Rodrigues)
ACERVO NB STEAK p. 88, 89a, 90-91
ACERVO RODEIO p. 33
ACERVO RUBAIYAT p. 41a
ACERVO TEMPLO DA CARNE p. 49
ACERVO VARANDA p. 96-97
EDGAR KENDI HAYASHIDA p. 12-13, 15-16, 18, 20, 22-25, 27-28, 30, 32, 34-38, 40, 41b, 42-44, 46, 48, 50-52, 62, 64, 66-68, 70, 75-76, 78, 81-84, 86, 89b, 92, 94, 98-100, 102, 108, 110, 112-116, 121b, 123b
GETTY IMAGES p. segunda guarda (Dmitri Kessel), 10 (Lew Robertson), 17 (g01xm)
ISTOCK PHOTO p. 6
PXHERE p. 130

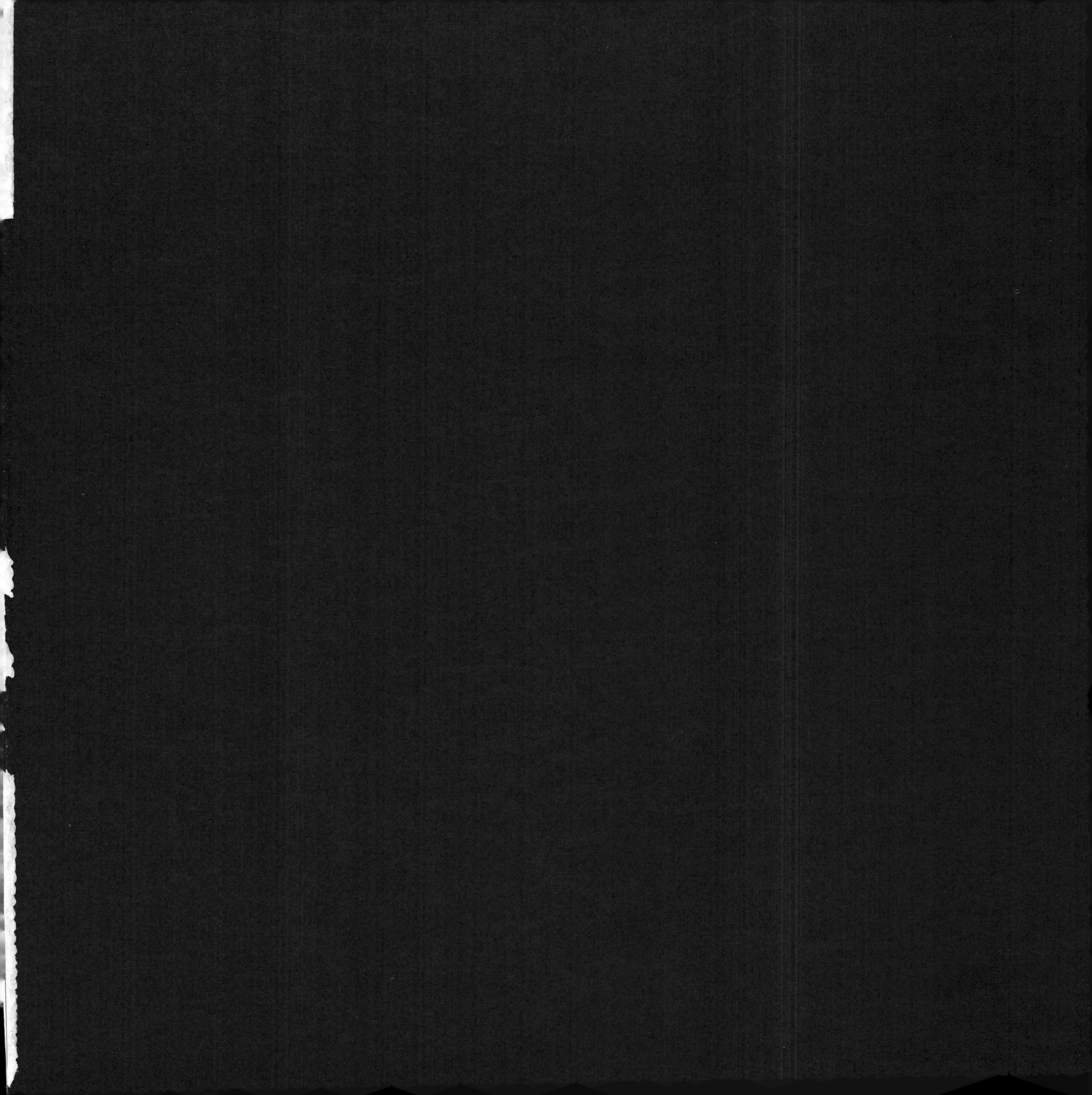